쓸데없이
열심입니다

# 쓸데없이 열심입니다

**초판 발행** 2019년 10월 21일

**지은이** 조기준

**펴낸이** 이성용
**책임편집** 박의성 **책디자인** 책돼지

**펴낸곳** 빈티지하우스
**주 소** 서울시 마포구 양화로11길 46 504호(서교동, 남성빌딩)
**전 화** 02-355-2696 **팩 스** 02-6442-2696
**이메일** vintagehouse_book@naver.com
**등 록** 제 2017-000161호 (2017년 6월 15일)

ISBN 979-11-89249-22-9 03810

# 쓸데없이
# 열심입니다

취미가

취미인

취미 수집가의

집념의 취미생활

조기준 지음

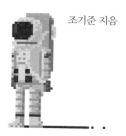

빈티지하우스
VINTAGE HOUSE

# 프롤로그

*오늘 아침 눈을 떴을 때*
*설렘 가득한 순간이 떠오른다면*

지금으로부터 약 7~8년 전쯤, 창덕궁 근처 모 카페에서 아이스 아메리카노를 연신 홀짝이며 직장생활이 힘들다고 일장연설을 하던 친구가 뜬금없는 모노드라마를 찍기 시작했다. 은퇴 후 삶을 위해 재테크를 잘해야 한다는 둥, 미래를 위해 돈 관리는 철저히 해야 한다는 둥, 결혼 자금은 잘 준비하고 있냐는 둥 꼰대력 충실한 내레이션을 읊으면서.

'얘가 갑자기 이런 이야기를 왜 하는 거지? 혹시 돈 빌려달라는 건가? 무슨 핑계로 거절해야 하지? 아니면 회사 그만두고 사업하려는 걸까? 나보고 같이 하자는 건가?' 온갖 생각들이 이쪽저쪽 사방팔방으로 무럭무럭 피어오르고 있었다.

그러다 다시금 뜬금없이 이런 말을 하는 것이었다.


"너, 나랑 내기 하나 할래? 내가 이기면 저기 건너편에 보이는 가야금 학원에 네가 다니는 거고, 네가 이기면 내가 뭐 배울 거 이야기하면 되고."


도대체 이건 무슨 소리인가 싶었다. 여기 바리스타가 아이스 아메리카노에 이상한 약을 탄 것도 아닐 텐데 유독 생뚱맞은 이야기만 늘어놓던 그 친구.

사실 내기가 무엇이었는지는 기억이 나질 않는다. 최근에는 며칠 전 임팩트 있는 사건들도 깜빡깜빡하는 나인데 몇 년 전 일이라니 기억날 리 없다.

다만 이것 하나만은 기억난다.

내가. 내기에서. 졌다.

그래서 정말 난 가야금 학원을 다녔다. 약 4~5년 정도. 배워야 한다는 그 내기에 졌어도 싫지 않고 오히려 가야금이라는 악기가 궁금하기만 했다. 그리고는 결국 (학원 정기공연이기는 했지만) 국립국악원 우면당 무대에 올랐다.

할렐루야, 나무아미타불, 언빌리버블, 이럴 수가, 세상에나, 경사 났네, 오마이갓.

"가야금은 도대체 왜 배웠나요?"라고 누군가 물어볼 때마다 이 이야기를 풀어놓는다. 가야금이라는 악기 자체가 여전히 특별해서인지 질문 스타일도 비슷하다. 가끔은 답변을 녹음해서 틀어놓고 싶을 정도다. 1번 질문에는 1번 답변, 2번 질문에는 2번 답변… 이런 식으로 말이다. 그러면서 이 말을 빼먹지 않는다. "재미있을 거 같아서요. 재미있으면 된 거 아닌가요? 막상 배워보니 재미있더라고요."

참으로 단순한 질문에 단순한 답변이다. '단.문.단.답'이라고나 할까. 취미는 그런 거 같다. 재미있을 거 같아서 배우고, 나한테 맞으니까 계속하는 거고, 하다가 질리거나 재미없으면 그만두면 되고, 그러한 기회가 잘 맞으면 또 다른 직업이 될 수도 있는 것이고.

그런데 사람들은 취미를 참 어렵게 생각한다. 보통 학원에 등록하러 가면 꼭 이렇게 묻곤 한다. "몇 개월 정도 하면 잘할 수 있나요?" 흠, 그게 참, 몇 개월 만에 잘하려면 피나는 노력이 필요할 텐데 그러한 노력은 하기가 참 쉽지 않다. 그러다가 1~2개월쯤 하고 그만둔다. 재미가 없다고 한다. 실력이 늘지 않는다고 한다. 재능이 없다고 한다. 그러고는 누군가가 취미가 뭐냐고 물어보면, 결국 고민 끝에 '독서, 음악 감상, 영화 관람' 중에 하나를 이야기하거나 또는 셋 다

이야기한다. 이력서 쓰는 것도 아닐 텐데 말이다.

당신에게 취미는 요즘같이 반복되고 힘들면서도 끝이 없을 것만 같은 깜깜한 터널 속에서 가끔씩 사막의 오아시스처럼 눈에 띄는 비상구가 되어줄 것이다. 우연히 홍대 거리를 지나다가 버스킹을 하는 밴드를 보고서 드럼을 배우고 싶다는 욕망이 부글부글 끓어오를 때, 미술관에 갔다가 어릴 적 꿈이 화가였다는 사실이 퍼뜩 떠올랐을 때, 유튜브에서 걸그룹 댄스를 멋들어지게 따라 추는 영상을 보고 나도 저렇게 추면 회사에서 인기가 있지 않을까 헛된 희망을 갖게 되었을 때 등등 무엇인가를 '새롭게 해보고 싶다'는 자신감과 설렘이 힘들었던 어제 및 오늘과 내일의 삶에 기쁨으로 젖어들 것이다.

어렵게 생각할 필요 없다. 내 삶을 풍성하게 만드는 또 하나의 도구로 생각하면 그만이다. 생각할 일이 태산을 넘어 우주 끝까지 넘나드는데 취미 하나 갖는 것으로 스트레스 받을 이유가 있을까? 마지못해, 죽을 것만 같은 심정으로 조기 출근과 숱한 야근을 치러야만 하는 당신. 이로 인해 세상에서 제일 소중하고 가치 있는 '나'가 번아웃이 되어 있다면 진짜 '나'를 만나는 지름길이 바로 취미라고 확신시켜주고 싶다. 콜레스테롤로 막혔던 혈관이 뻥 뚫리는 것만 같은 기적 같은 체험이 될 수도 있다.

재미없던 내 인생이 너무 재미있어졌으니까.
신날 일이 전혀 없었는데 그 순간만 생각나니까.
늘 혼자 외롭기만 했는데 함께할 수 있는 사람이 생겼으니까.

모 예능 프로그램에서 데프콘이 이런 말을 했다. "애니메이션 좋아하는 사람치곤 나쁜 사람 없어요. 다만 서로 모른 체 할 뿐." 취미의 필요성에 대해 구구절절 이야기하는 수많은 명언들이 있지만 데프콘의 이 한마디야 말로 정말 심하게 정통으로 뼈를 때린다. 취미 하나 가진 당신은 좋은 사람이다. 생글생글 웃는 사람이다. 에너지가 넘쳐나는 사람이다.

신난다, 재미난다, 하는 마음으로 살고 싶은 당신을 위해 여러 가지 취미생활 이야기보따리를 이 책 《쓸데없이 열심입니다》에 풀어놓았다. 나에게도 재미없는 취미가 많이 있었다. 물론 얼른 그만뒀지만. 재미있는 취미는 몇 년째 이어나가고 있다. 실력이 늘 때마다 약간의 스트레스가 쌓이기도 하지만 그거야 실력 향상을 위한 좋은 스트레스라고 나를 위로하고 다독이다 보니 한 걸음 더 나아가는 나를 보고서 더욱 흐뭇해진다.

"평범했던 내가 싫으셨나요? 남들보다 조금은 특별한 나를 발견하고 싶나요? 오늘도 설레는 마음으로 하루를 시작하고 싶나요? 바로 여러분을 이곳으로 초대합니다. 레이디스 앤 젠틀맨. 웰컴 투 '취미' 유니버스. 없는 취미가 없습니다. 취미가 되지 않는 취미도 없습니다. 그냥 즐기기만 하면 됩니다. 당신이 행복하고 웃고 재미나고 즐거워지는 그것 자체가 취미입니다. 그래도 모르겠다고요? 그럼 바로 취미 수집가인 저를 찾아주세요. 당신에게 취미를 선물해줄 바로 제가 있으니까요. 저는 언제나 당신의 편이니까요."

2019년 10월
최근 새로운 취미인 클라리넷에 맛들인,
조기준
나, 배니 굿맨 될 거야.

# 목차

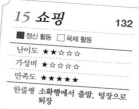

*I*

일상의 쉼표가 되는

## 01 재즈댄스

☐ 정신 활동  ■ 육체 활동

난이도 ★★★★★

가성비 ★★☆☆☆

만족도 ★★★★★

한줄평 그녀를 잊기로 해요

매시 매분 매초, 눈을 질끈 감으면 아스라이 사라진다고 믿었다. 조각나다 못해 파편으로 곱게 버무려진 그녀와의 추억 이미지들이. 하지만 쉽사리 떨어지질 않는다. 찰거머리도 이런 찰거머리가 없지 싶을 만큼 떡하니 달라붙어서.

함께했던 일상을 제발 조금이라도 덜어내고 싶어 '아픈 이별'을 통보받은 다음 날, 퇴거 명령을 받은 건물마냥 고요했던 동네 목욕탕에 오후 몇 시 즈음 들어섰던 것 같다. 분명 머리 희끗한 영감님 한 분이라도 온탕에서 열탕으로 그리고 냉탕으로 옮겨 다니실 법한데, 허전하도록 빈 공간으로 자리하고 있는 오후의 동네 목욕탕. 굳이 헤집고 다닐 필요도 없는데 저기 구석 자리에 하염없이 털썩 주저앉아버렸다. 샤워기 물줄기마저 "똑, 똑, 똑" 힘없이 떨어지면 리듬에 맞춰 눈물이라도 실컷 훔쳐낼 텐데…. 최대한 슬픈 척하며, 나를 달래기 위해서. 이별, 그딴 건 애초에 없었다는 듯이.

지나가는 세상 모든 인류가 쳐다볼 만한 사람은 아니었어도 내 눈에는 더없이 아름다웠던 그녀와의 52만 5,600분은 그렇게 끝이 났다. 그깟 이별, 예상하고 있었지만 이토록 차분할 수 있다니. '아픈 이별'을 맞은 20대 중반 남자 사람 대학생의 첫째 날이 '60억 명 중 하나의 가능성'이라는 부제를 달고서 언제 그랬냐는 듯 사라지고 있었다.

그런데, 둘째 날, 셋째 날이 지나고 1,440분에 또 그만큼의 숫자가 더해지며 그러다가 8만 6,400초가 보태지는데도 지워질 기미가 보이지 않았다. 순간순간 짜증은 와락 솟구치는데 밥맛은 곤두박질치고…. 사랑은 애증이 되었다가 증오로 변했는데 저절로 눈물과 비빔질을 하더니 쉼 없이 쌓이는 그리움으로 트랜스포밍하고 있었다.

그 사건이 있던 즈음, 난 20대 중반 남자 사람 대학생─심지어 공대생─이었다. 아이러니하게도 요즘 스타벅스나 커피빈에서도 좀처럼 찾지 않는 진한 카푸치노 감성이 넘치는. 여하튼 하여튼, 그날 역시 오후 두 시쯤이었던가 지하철 역사를 걸었다. 또 그녀를 생각하며. 전화 한 통 하지도 못할 용기를 품고서. 광고지를 품은 전단판 앞에 멈춰 섰다. 나를 끌어당겼다─거나, 운명처럼 나에게 손짓했다─와 같은 드라마 속 만남은 아니었다. 그냥 그 앞에 정지했다. 재즈댄스 학원 광고지가 보였다. 검정색 타이즈를 입은 외국 여자 사람들이 긴 생머리를 휘날리며 포즈를 취하고 있었다.

결국 그녀를 잊을 방법을 찾았다.


역사에서 학원까지는 멀지 않았다. 복잡하지 않은 출구를 빠져나가니 "웰컴 투 재즈댄스 학원"이라 말하는 것 같은 건물 하나가 눈에 들어왔다. 분명 1층은 도미노피자였는데 신기하게 그렇게 말하고 있었다.

3층 학원 문을 열었다. 낮 수업 중이었다. 댄스 선생님은 30대 후반─40대 초반이던가. 원장님 포스였다. 타이즈 한쪽을 슬렁슬렁 말아 올려 허벅지 안쪽 선까지 똑딱 맞춘 듯 하의를 갖췄고, 상의는 대가위로 듬성듬성 오려낸 듯 목

둘레와 팔 둘레를 시원스레 드러내 보였다. 놀랍게도 뒷줄에 서 있는 일고여덟 명의 수강생들 역시 유사 의상을 입고 있었다. 의상은 굳이 남녀를 구분 짓지 않았다.

미국의 전설적인 댄서 밥 포시가 이끄는 무용단 같기도 했고, 각자가 영화 〈올 댓 재즈〉의 주인공이기도 했다. 상당한 테크닉을 자랑하는 전문반 수업이었던 것이다. 정말 다행히 남자 수강생도 두어 명 있었다. 강사를 지망하는, 무용단을 꿈꾸는, 무용대학을 목표로 하는 이들이 하나둘 모여 열 명 이상의 에너지를 한 명 한 명이 쏟아내고 있었다. (훗날 알게 된 사실이지만 몸을 크게 쓰는 법을 배우는 중이었다.) (훗날 또 알게 된 사실이지만 남자 수강생들이라 오해했던 그분들은 역시나 강사 분들이었다.) 움직임 역시 애써 남녀를 구분 짓지 않았다.


### *What a Feeling…*


첫 만남에서 느꼈던 전율의 영향 때문이었는지 전문반 시간표에 눈이 갔다. 하지만 취미반부터 시작해야 했다. 기초는 무척 중요하니까. 기초를 닦는다는 건, 도를 닦는 것과 다름없다. 참고, 참고 또 참고, 기다리고, 또 기다리고 또 기다려야 한다. 최소 3개월은 그래야 한다.

뭔가를 취미로 배울 때 최소 3개월은 진득하니 해야 한다는 암묵적인 원칙이 있다. 그래서 학원도 3개월을 끊으면 할인을 팍팍 해준다. 보통은 1개월을 채우지 못하고 사라져 버리는 이들이 절반 이상이지만. 거기서 살아남은 이들은 춤 좀 춘다고 어깨 좀 으쓱댈 수 있다. 이들이 어깨를 으쓱거릴 때 1개월도 함께하지 못한 3개월 회원은 학원의 발전에 크게 기여한다. 이러한 진실은 뫼비우스의 띠를 쉼 없이 내달리는 기차마냥 반복된다.


방송댄스반이 있었고, 힙합반이 있었고, 리리컬반이 있었고, 심화반이 있었고…. 수업 종류가 한껏 색감이 오른 좌판 위의 과일 못지않게 많았다. 첫 수업, 20여 명이 댄스 플로어 위에 모였다. 젊은 여자분도 있었고, 나이가 좀 있는 여자분도 있었고, 그 틈에 나 혼자 남자였다.

남자가 혼자면 당연하게도 쪽이 팔린다. 하지만 예쁘고 착한 상담 언니가 해준 말도 있고 해서 맨 앞줄에 섰다. 수강생들이 힐끗힐끗—이 아니라 대놓고 쳐다본다. 한쪽 다리까지 시원하게 걷어 올렸으니 볼만했을 터. 그래도 타이즈를 입진 않았다. 수위를 조절할 줄 아는 남자니까.

댄스의 극단적 대척점에 서 있는 뻣뻣함을 감추려고 그렇게 애썼는데 숨길수록 더 당당하게 드러났다. 옆에서 호방하게 웃는 선배님과 마주보고 다리 찢기에 몰입했다. 인정사정없이 거칠게 나를 내다버렸던 그녀를 잊고자 들이닥친 이곳이 천국이자 만병통치약이었다. 도무지 떠오르지가 않았다. 의지가 있어도 그녀의 얼굴은 이미 사라지고 없었다. 딱 그 시간만큼은….

전신이 찌릿해지는 고통에 몸을 맡기는 기분. 해보지 않고서는 모른다. 선생님은 간만에 남자 수강생이 왔다고 관심사병 특별 관리하듯 "더 세게, 더 세게"만 외친다. 삼삼오오 짝을 지어 손에 손잡고 상대의 다리를 찢어주던 모두가 이쪽으로 시선을 던진다. 흥이 난 선생님은 수건을 입에 물려(!)준다. 55도 정도로 유지되던 두 다리는 어느 순간 56.173847236도까지 다다랐다. 감탄이 절로 나는 인체의 신비. 단 20여 분 만에 가능한 변화였다니.

하지만 결국 '도오오오대체 이게 뭐 하는 짓이냐고오오오!'를 속으로 수없이 외칠 뿐이었다. 다만 남자의 자존심에 상처를 입히고 싶지 않아 참고 참다 혼절 일보 직전에 이르렀다. 옆에서 키득거리던 선배 수강생들이 잉태의 고통에는 비할 바가 아니라며 어르고 달랜다. 본인의 유연성을 한껏

자랑하며. 확실히 보여주겠다는 듯 다리가 일자로 찢어진 그
녀. 물론 내 고통 건사하기에 바빠 눈에는 들어오지 않는다.
이런 아크로바틱한 퍼포먼스가 20분간 이어졌다. 그리곤 에
라 모르겠다. 춤을 췄다는 사실 말고는.

몸 푸는 데 20분, 기본 동작 연습하는 데 15분, 안무 수
업이 15분, 도합 50분이 정말 쉴 새 없이 흘렀다. 언제 끝났
는지 도무지 알지 못했다. 마지막 0.0001퍼센트마저 방전된
배터리 마냥 기진맥진했다. 입에서 단내가 나기는 고등학교
학창 시절 꼴찌를 도맡아 했던 오래달리기 이후 처음이었다.

하루가 지나니 내 다리가 내 다리가 아니었지만 다음 하
루가 지나니 다리 사이 각도는 조금 더 벌어지기 시작했고,
가슴은 꼿꼿해져가는 등 근육의 힘에 탄력을 받아 바닥에 다
다르고 있었다. 유연함이 유연함을 더했고 자세는 점점 댄서
의 그것이 되어갔다. 내 몸도 유연해질 수 있다는 사실을 드
디어 깨달았다.

그녀를 잊을 수 있음도 깨달았다. 그리고 시나브로 잊혀
졌다, 그녀가. 다리 사이가 멀어질수록 잊어가는 시간은 좁
혀졌다.

춤 실력은 나날이 향상했다. 학교 수업은 빠져도 댄스

수업은 빼먹을 수 없었다. 습관으로 자리 잡았고 일상으로 기억되었다. 몸이 자연스레 플로어 위를 달렸다. 전문반 수업을 거쳐 지역 무용단에 소속되어 대극장 공연에도 참가했고, 뮤지컬배우라는 새로운 도전에 성큼 다다랐다. 꼭 해내고 싶었는데 정말 해내고야 말았다.

인생을 바꾸고 싶다는 생각 따위는 애초에 없었지만 도전과 함께 인생은 바뀌고 있었다. 이제 댄스를 배워야 했던 이유의 주객이 전도됐다. '그래, 결정했어'라며 다짐했던 그 순간, 그녀에게 더없이 감사했다.

인생이라는 배는 새로운 돛을 내건 채 미지의 세계를 향해 흘러들어가고 있었다. 예상 불가능한 결정이었다는 각오도 충분히 했다. 그때부터 키를 잘 붙들어야 했다. 그래야 난파되지는 않을 테니. 오랜 시간이 지나 그녀에게 다시 한 번 감사할 때를 기다리면서.

## 02 마라톤

☐ 정신 활동 ■ 육체 활동

난이도 ★★★★★
가성비 ★★☆☆☆
만족도 ★★★★☆

한줄평 심장이 터질 듯한 바로 그 순간을 3000만큼 사랑해

마라톤을 이야기할 때 빠지지 않고 언급되는 사람이 있다. 바로 일본의 국민 작가, 무라카미 하루키. 그는 자신의 책에 이런 글을 썼다. '매일 달린다는 것은 나에게 생명선과 같은 것으로, 바쁘다는 핑계로 인해 건너뛰거나 그만둘 수는 없다. 만약 바쁘다는 이유만으로 달리는 연습을 중지한다면 틀림없이 평생 동안 달릴 수 없게 되어버릴 것이다.' 그의 이름을 꺼낼 때마다 작가이자 마라토너라고 부르는 데는 다 이유가 있다.

인생을 논할 때 유독 마라톤에 비유하는 경우가 많다. 달리는 동안 어떤 돌발 변수가 생길지 모르기 때문이며, 달리는 동안 수많은 사람과 앞서거니 뒤서거니 하며 경쟁을 해야 하기 때문일 듯. 잘해내고 싶은데 여의치 않아서 포기하는 경우도 비일비재하다. 은근 뒷사람이 앞으로 치고 들어오면 비켜주지 않으려는 사람들도 많다. 뛰다가 우는 사람, 포기하기 싫어 비명을 지르는 사람도 봤다. 42.195킬로미터를 달리는 마라톤이야말로 인생의 축소판이 아닐 수 없다. 딱 그 말이 맞다.

한국 작가 중에서는 김연수 작가가 떠오른다. 처음 출전한 마라톤 대회에서 그가 만난 벽. 그리고 온 우주가 본인 하나 완주하는 걸 막기 위해 밀어대는 느낌이었다는 고백. 하지만 그냥 뚫고 지나가라고 응원해주는 현실적인 조언. 멈추지만 않으면 되니까.

그런데 그는 멈춰야 했다. 첫 마라톤 풀코스를 완주하지 못해 내내 아쉬웠다는 인터뷰를 본 적이 있다. 인터뷰를 보면서 불끈 오기가 터져 올랐다. '나중에 마라톤 관련 인터뷰를 할 기회가 생기면 '풀코스 완주를 못 하셔서 못내 아쉬워하던 김연수 작가님의 인터뷰를 보면서 저는 꼭 해내야겠다

는 믿음과 용기가 생겼어요. 작가님, 감사합니다'라고 답해
야지.'

딱 그런 마음이었다.

.

마라톤 풀코스를 완주하려면 단계가 필요하다. 빠르게
걷기, 5킬로미터, 10킬로미터, 하프마라톤에 이어 풀코스로
이어진다. 순서만 들어도 숨이 차오르는 건 어쩔 수 없는 팩
트의 폭격. 헉헉 사실 조금(…) 욕심내면 하프마라톤까지는
페이스 조절이 그리 어렵지 않다. 특히나 평지로 이어지는
코스라면.

그런데 풀코스는 아니었다. 시작은 춘천마라톤이었다.
두둥. 두려움과 설렘이 교차하는 마음이 새벽 일찍부터 피
어올랐다. 아름다운 춘천의 절경을 마주하며 달리는 '갬성'
폭발 대회라고 누군가는 말했지만 달리는 동안에는 그따위
감동은 눈에 들어오지도, 마음에 남지도 않았다. 그냥 수십
번, 아니 수백 번 그 자리에 무너지고 싶었으니까. 세상만사
다 싫고, 속으로는 욕지거리만 끓어오르고 있었다. '내가 왜
이 짓을 한다고 한 거지ㅠ'

솔직히 15킬로미터 정도까지는 동네 마실 나오듯 '룰루

랄라' 하는 심정이었다. 그만큼 연습도 하고 마음의 준비도 했으니까. 그런데 15킬로미터가 지나면서부터 약간의 언덕이 나오고 지쳐가는 사람들이 곁에서 헐떡거리고 있으니 마음과 함께 신체마저 동요하기 시작했다. '이게 아닌데. 이렇게 나도 전염되는 것인가.'

함께 달리는 러닝메이트가 없었다면 나 역시 그 무리에 휩쓸렸을지도 모른다. 하지만 이미 여러 번 풀코스를 완주한 러닝메이트가 응원을 해주기 시작했다. 그렇다고 해서 힘내세요. 영차영차. 할 수 있어요. 얼마 남지 않았어요─같은 오글오글 드라마 속 장면을 떠올린다면 큰 오해다. 무심히, 지극히도 무심하게 "파이팅" 한 마디뿐.

삶의 단면과 같았다. 포기하고 싶었지만 곁에서 응원하는 단 한 명이 있었기에 억지로라도 일정한 페이스를 유지하며 뚫고 나갈 수 있었다. 누구를 만나느냐에 따라 인생이 바뀔 수 있다는 가르침은 마라톤에 그대로 적용되었던 것이 아닐까. 고통이 쉴 새 없이 몰아치니 마냥 행복하지만은 않지만 더없이 든든한 기분. 그 맛에 마라톤을 하는 것일까.


25킬로미터를 지나면 눈앞 풍경이 정지 영상처럼 느껴진다. 무엇을 봤는지 알 수 없고 어디를 지나치고 있는지 전혀 감을 잡을 수 없다. 그냥 계속 몽롱-나는 어디? 여긴 누구? 본격적으로 공기 속을 붕붕 떠다니는 기분이 든다. 러너스하이가 찾아오기 시작하는 것이다. 다리는 열심히 움직이는 것 같지만 내 몸의 일부가 아닌 것 같은 느낌. 감당은커녕 역시나 또 이런 생각이 든다. '아, 세상 귀찮아. 그냥 돌아갈까. 주저앉을까.'

이때도 러닝메이트의 도움이 필요하다. 인생에서 선배가 필요한 이유와 별반 다르지 않았다. 한 마디 한 마디 응원이 큰 힘이 된다. 물론 그는 꽤나 무심히 달렸지만. 정말 걷는지 뛰는지 날고 있는지 알 수 없는 기분이 유지된다. 두 번째로 현자타임이 들어찬다.

'나는 누구인가. 여기는 어디인가.'

'도대체 왜 이러고 있는가.'


그러는 와중에 도착하는 마의 37킬로미터. 말 그대로 꾸역꾸역 포기하지 않고 내가 아닌 나로 달리다 보니 여기까지 왔다. 앞 사람 한 명 젖히고 그러다가 두 명이 나를 젖히기를 쉼 없이 반복하다 보니 그냥 러닝머신 위를 한껏 달리고 있는 것만 같다. 뭐가 뭔지 도무지 생각이 들지도 않는다.

37킬로미터 정도가 되면 회송차들이 끝도 없이 줄을 서서 낙오자들과 포기자들을 기다린다. '어서 오세요. 많이 힘드셨죠? 저희는 여러분을 위해 준비된 천사 같은 회송차들이에요. 타요 버스보다 더 귀엽답니다.' 환청마저 들리기 시작한다. 이때가 가장 위험하다. 정말 그 차에는 벌꿀이 발라져 있나보다. 향기에 취한 듯 그곳으로 날아드는 러너들이 꽤 많다. 이보세요. 조금만 참으면 되는데. 왜 거기로 가나요. 나도 죽을 것만 같지만 그래도 조금만 더 참으면 되는데.

그 앞에서 철퍼덕 넘어지는 사람들도 많다. 뭔가 안도감을 내뱉을 수 있는 매개체를 보고서 마음이 풀린 것이다. 마음을 놓아버리다가 결국 몸까지 놓아버려 길바닥에 굴러버리는 경우가 많다. 상처가 날 것이다, 분명히. 큰 상처를 입을 수도 있다. 다칠 준비가 되어 있지 않았을 테니까. 페이스를 놓쳐버렸으니 당최 손을 쓸 수 없는 상황이었으리라.


미안하게도 나는 그들에게 신경을 쓸 여유도 여력도 없다. 오직 나만 생각할 수밖에 없다. 분위기에 휩쓸리다 보면 나 역시 똑같은 상황 속에서 나뒹굴어버렸을 테니까.

철퍼덕.

## 오직 나의 목표는 단지 하나뿐

나는 첫 풀코스의 기록에는 관심 없었다. 오직 완주가 목표였다. 포기했다며 후회하고 싶지는 않았다. 안타까움을 평생 품고 싶지 않아서 무조건 달려서 해내고 싶었다. 뛰지 못하면 걸어서라도, 걷지 못하면 정말 기어서라도. 악으로 깡으로 해내고 싶었다.

피니시라인이 다가오고 있었다. 이미 다섯 시간이 넘었다. 결승선을 넘으며 나는 "야이–쌍 아이–쌍"을 외치며 통과했다. 두 팔도 들어올렸다. ~~TV에서 본 것은 있어가지고.~~

그랬다. 결국 해냈다. 발이 너무 아팠다. 다리도 아팠다. 옆구리도 아팠다. 머리도 아팠다. 온몸이 아팠다. 심장도 터져나가는 줄 알았다. 겨우 바닥에 앉아 러닝화를 벗어보니 발톱은 새까매져서 빠지기 직전이었다. 곁에서 함께해주던 러닝메이트는 아직까지 내 옆에 있었다. 젠장, 로봇인가. 뭐 저리 아무 일 없다는 표정인 거야. 그는 영광의 상처라며 달릴 때는 하지도 않던 오그라드는 멘트로 격려해줬다. 달려라 하넌 줄.

그런가보다. 영광의 상처인가보다. 으쓱한 기분이었다.

바닥에 드러누워 하늘을 올려다보았다. 뭉게구름이 두 둥실 흘러가고 있었다. '쟤들도 저렇게 일정하게 끊임없이 움직이다가 언젠가 지금의 나처럼 나뒹굴어버릴까. 그게 주어진 운명일까.' 그런 생각을 의도했던 것은 아닌데 왠지 철학자가 된 양 깨달음이 마구마구 피어올랐다. 지금 이 순간부터 세상 어려움은 다 이겨낼 수 있을 것만 같은 자신감도 터져 나왔다. 세상에나. 마라톤이 나를 바꿨어요.

완주 메달을 받고 들어오는 순간 다시금 한 번 되뇌었다. '그래, 내가 해냈어. 아무리 힘들어도 해냈어. 결국은 할 수 있었던 건데 왜 겁부터 났을까. 해보면 되는데. 그냥 부딪혀 보면 되는데.'


미국의 작가이자 마라토너였던 할 히그돈은 이렇게 말했다. "비록 예상했던 시간보다 늦게 달렸다고 해도, 만약 끝까지 달렸다면 어떤 마라톤에서도 성공한 것이다." 역시나 마라토너였던 제프리 호로위츠도 그랬다. "마라톤에는 지름길이 없다. 따라서 누구나 마라토너가 되면 열심히 달려야 한다." 1936년 베를린올림픽 금메달리스트 손기정 옹도 이런 말을 남겼다. "인생은 반환점 없는 마라톤이라고 할 수 있다. 되돌릴 수 없는 인생을 후회 없이 마무리하기 위해 언제나 최선을 다해야 한다."

　나는 무슨 말을 남겨야 하나. 한국의 작가이자 아마추어 마라토너였던 조기준은 이런 말을 남겼다. "그냥 달리다 보면 결승선에 도착해요. 그리고 힘들다며 철퍼덕 쓰러져도 괜찮아요. 그런데 막상 뛰어보니 인생은 마라톤 같기도 하고 아닌 거 같기도 해요. 마라톤은 몇 시간 안에 끝나지만 인생은 마라톤이 끝나도 계속 이어지잖아요. 그냥 열심히 하면 돼요. 가끔씩 하기 싫으면 하지 않아도 돼요. 아무도 뭐라 하지 않아요. 회송차 탔다고 구박하는 사람도 없어요. 다, 이해하거든요. 그게 인생이니까요. 바로, 내 인생이니까요." (누군가 N사나 D사 또는 G사 포털사이트에서 '마라톤 명언' 을 검색했을 때 솔직히 이 말이 가장 먼저 검색되었으면 좋겠다. 좀 멋있는 말인 거 같으니까.)

## 03 연기

■ 정신 활동　□ 육체 활동

난이도 ★★★★★

가성비 ★★★☆☆

만족도 ★★★★☆

한줄평 당신, 수줍음이 많나요

　가끔씩 그런 생각이 들 때가 있다. 차라리 〈캣츠〉를 보지 말걸 그랬다고. 한창 춤을 배우고 무대에서 미친 듯이 추고 있던 그 무렵, 세계 4대 뮤지컬은 모른 척 했어야 했는데―하는 핑계 아닌 핑계, 변명 아닌 변명을 대곤 한다.

　그랬다면 내 인생은 어떻게 변했을까. 〈인생극장〉 속 주인공처럼 "그래, 결심했어!"를 외치며 두 인생 중 다른 하나를 더 경험해볼 수 있다면 좋았을 텐데 싶다.

　구시렁구시렁. 투덜투덜.

옷은 입어보고 살 수 있고 책도 읽어보고 구입할 수 있는데 왜 인생은 제대로 경험해보고 선택할 수 없단 말인가 싶은 자조 섞인 넋두리도 늘어놓아본다. 당시 〈캣츠〉를 관람하던 중 마법사 고양이를 보면서 나는 이렇게 외쳤다. "그래, 결심했어. 나는 이제 뮤지컬 배우다."

또 구시렁구시렁. 또 투덜투덜.


후회는 없다. 아니, 후회해봐야 뭐 하겠는가. 다시 돌이킬 수도, 반품할 수도 없는 한 번뿐인 내 인생인데. 사실 용기 있게 외친 것도 아니었다. 그냥 한 번은, 단 한 번이라도 내 의지대로 살아보고 싶었을 뿐이다. 학창 시절까지 집에서든 학교에서든 시키는 대로만 살았으니 엉망진창이 되더라도 아무에게도 투덜거릴 수 없는 진짜 내 인생을 딱 한 번은 살고 싶었을 뿐이다.

누군가는 이렇게 야유를 퍼부을 것이다. "팔자 좋은 소리하고 앉아 있네. 고생 꽤나 해봐야 저런 소리 두 번 다시 안 하지." 다른 누군가는 부러움의 박수를 짝짝짝 쳐줄지도 모른다. "우와, 대단해. 하고 싶은 게 있다는 게 얼마나 멋진 건지 난 아직 잘 모르지만, 여하튼 응원할게."

그렇게 나는 전적으로 내 인생을 내가 책임지는 삶을 시작하게 되었다. 고생? 어휴 말도 못 했지. 배고픔? 말도 못 하게 배고팠다. 장발장의 심정을 10분의 1 정도는 이해할 정도?

누군가에게 등 떠밀려 살아온 삶은 아니었다. 그것 하나만으로 충분히 당당했다. 가난했지만 당당했고, 나답게 산다는 것이 무엇인지 알았기에 기세등등했다.


결국 천적 없는 온실 속 새장을 탈출해 서울로 도망 왔다. 솔직히 뮤지컬배우 못 하면 죽을 거 같은 독기가 스멀스멀 새어나왔다. 하지만 가끔씩 후회가 몰아칠 때면 '배고픈 소크라테스' 흉내 다 때려치우고 '배부른 돼지'가 되고 싶었다. 엄마가 차려주는 따뜻한 밥 한 그릇이 그리웠다. 역시 인간이라는 동물은 고생을 해봐야 부모 심정 알고 효자 된다.

통장에 10만 원. 그것도 누군가 서울에서 파이팅 하라며 주머니에 슬쩍 찔러준 그 돈으로 버텼다. 온갖 고생이라는 고생은 다 하고, 하루 종일 김밥 한 줄로 연명하며 연습에 연습을 거듭했던 시기가 있었다. 어찌 보면 (살짝) 배부른 돼지가 되어버린 지금의 나보다 훨씬 샤프하고 완전 날씬했던 그때. 하고 싶은 것이 있다는 목표만으로도 충분히 에너지가 충전되던 그때. 아프니까 청춘이다—가 아니었다. 아픈데 무슨 청춘. 아프면 그냥 아픈 거지. 하고 싶은 게 있는 청춘이었다.

물론 지금 생각하면 도대체가 이해가 안 간다. 왜 그렇게 살려고 아등바등했던 건지.

조금 실수해도, 아니 그보다 조금 더 많이 실수해도 용서가 되는 나였다. 부딪혀서 생채기가 났지만 터덜터덜 걸어나갔다. 그렇게 나는, 그리고 나의 청춘은 꽃 피어올랐던 것 같다. 진흙 속의 다이아몬드 같던 연꽃으로 피어올랐다. 뿌리는 더러운 진흙 속에 파묻혀 있지만 꽃망울은 더없이 아름다웠다고 생각한다. 세수조차 제대로 못할 만큼 바쁘고 힘겹게 살아왔을지라도.

그런 나를 떠올려보면 지금도 대견하고 사랑스럽다. 그냥 사람답게, 아니 진짜 나답게 살았다는 생각이 든다.

**연기 좀 하시나봐요. 사회생활 좀 하시겠는데요!**

뮤지컬은 노래, 춤을 요구하는 종합 엔터테인먼트다. 하지만 3박자가 고루 갖춰져야 한다. 바로 연기까지. 연극영화과 출신도 아닌 내가 연기를 어떻게 할 수 있단 말인가. 시작은 직장인들을 위한 취미 연기였다. 고향 부산의 어느 극단에서 전봇대 벽에 붙여뒀던 벽보가 눈에 띄었던 것이다.

어머니는 늘 말씀하신다. "저노무 딴따라 본성은 지 할 아버지 닮아서 그런 거 아닌가 몰라." 아무리 생각해도 맞는 거 같다. 난 내가 내성적인 사람이라고 어릴 적부터 철석같이 믿고 있었다. 알고 보니 아니었나보다. 고양인 줄 알고 길렀는데 알고 보니 호랑이였다고 하는 비유가 어울리려나.

나도 모르게 춤을 배우고, 부모님 모르게 연기를 배우고, 어쩌다 보니 노래를 배우고, 배우고 배우고 또 배우고, 그러다가 아마추어 무대에까지 서보고 결국에는 3박자를 고루 갖춰 프로 무대에도 서보고….

사실 연기는 어려웠다. 어려워도 너무 어려웠다. 가장 일상적인, 연기를 하지 않고 그냥 평범하게 표현 안 하는 듯 표현해야 하는데 의식을 하니 쉽지 않았다. 노래나 춤도 마찬가지라고는 하지만 잘 모르겠다. 그게 무슨 말인지. 춤이나 노래는 좀 알겠던데 연기는 도무지 모르겠다. 그리고는 다시금 깨닫는다. 난 내성적인 사람이 맞구나. 이렇게나 부끄럼이 많을 줄이야.

다들 잘만 표현하는데, 나만 왜 이렇게 엉망이란 말인가. 솔직히 다른 사람도 잘하는 것은 아니었다. 아마추어 배우들이 그것도 1~2주 만에 뭘 얼마나 잘하려고. 그냥 자신감이 떨어지고 소심해지다 보니 그들이 잘하는 것처럼 보였을 뿐. 유명한 대배우들도 은퇴할 때까지 연기가 무엇인지 모르겠다고 고백하는데 말이다.

지금의 나라면 '모르니까 모르는 거지 뭘 그리 모른다고 상처받을까' 싶을 만큼 뻔뻔했을 것이다. 그런데 그때는 아직 어린 마음에 모르는데 아는 척, 싫은데 좋은 척, 피곤한데 괜찮은 척하고 있었다. 에라이, 바보 멍청이.


우선 무대공포부터 물리쳐야 했다. 확실히 춤을 추기 위해 무대에 오르는 것과는 달랐다. 달라도 너무 달랐다. 무대에서 먹고 자며 생활하는 것이라면 괜찮으려나. 억지로 무엇인가를 표현하려고 하면 안 되는 건가. 연기도 미니멀리즘이 필요했던 것인가. 최대한 단순화해서 군더더기 없이 간결하게 표현해야 하나. ~~아냐, 도대체 뭘 어쩌라는 거야.~~ 어려워서 못 해먹겠네, 진짜.


역시나 시간은 모든 것을 조금씩이라도 해결해주려 애쓰는 것만 같았다. 뭐라도 해보니 뭐라도 되어버린 것이다. 맞든 틀리든. 아마추어 느낌은 좀 빠졌으려나. 완전 초짜였으니 인큐베이터 속 아기 같은 연기자 느낌은 덜 나려나. 고민에 고민만 이어지고 있었다.

나는 왜 연기를 하려 했던 것일까? 뭘 그리 대단한 이유가 있으려고. 그냥 춤을 추다 보니 그냥 연기도 배우고 싶었다. 팥빵을 먹다 보니 슈크림빵도 먹고 싶었다는 느낌적인 느낌이랄까. 그러다 보니 뮤지컬이라는 장르를 알게 되었고 '혹시나' 하는 마음을 품다가 '역시나' 안 되겠지 싶었는데, '진짜로'가 되어버린 것이라고나 할까.

어느 공대생의 취미가 뮤지컬배우라는 직업이 되어버린 놀라운 현실. '형이 거기서 왜 나와' 싶은 뜨악함까지 나는 여실히 보여주고 있었다. 그러다가 서울의 현장에서 배우로 살아갔던 시간이 4~5년. 일장춘몽 같았던 시간이 지나가고, 돌이켜보면 정말 나빌레라 시간이었던 것만 같다. 다시 돌아올 수 있을까, 그때가. 딱 한 번만 더 해보고 싶기는 하네.

아마추어였지만 연기를 배우다 보니, 아니 그것을 넘어 배우로 살다가 아무도 모르지만 나만 아는 은퇴를 하고 보니 좋은 점들이 있었다. 첫째, 나에게서 자유로워진다. 이거 진짜 괜찮은 소득이다. 그것 하나만으로도 세상, 무섭지 않다. 무지막지하게 뻔뻔해지고, 세상 속 내가 아니라 나를 위한 세상에 내가 살고 있다는 생각에 빠져드니 이렇게나 속 편할 줄이야. 그냥 내가 주인공인 것이다. 나머지는 모두가 조연이거나 단역이거나 엑스트라. 저 사람이 나를 어떻게 생각할까, 이렇게 해야 할까 하지 말아야 할까 하는 갈팡질팡하는 마음에 "고민 고민하지 마"를 마음껏 외칠 수 있다. 세상을 향해 거침없이 하이킥도 뻥뻥 날릴 수 있다.

둘째, 임기응변에 강해진다. 직장생활 좀 하려면 소위 말해 눈치껏 해야 하는 일들이 많지 않은가. 그렇다면 연기를 배우세요. 눈치 레벨이 만렙까지 치솟습니다. 걱정 편안하게 내려놓으시기를. 제가 보장합니다.

셋째, 말이나 행동하는 데 당당해진다. 그동안 잔뜩 움츠리고 살았다고? 쭈뼛거리던 당신, 무대 위에서 한번 시원하게 놀고 나면 당당당당당당당당당 × 10,000,000,000 해진다. 삶에는 그러한 당돌함이 필요하지 않은가.


한창 연기를 배울 때 그리고 연출님이 자리를 비우셨을 때 어느 정단원이 이런 말을 은근슬쩍 던진 적이 있다. "연기하는 사람들은 돈이 없어요. 아시죠? 그러니 눈에 뵈는 것이 없을 만큼 대차거든요. 누가 못 말려요. 악으로 깡으로 하는 거죠. 어떻게 보면 살기 위해서, 연기하기 위해서." 연기를 배우러 온 사람들은 '돈이 없어서'라는 말에 그리 심쿵하지는 않았다. 그래도 돈이 있으니 돈 내고 수업 들으러 온 것이 아니던가. 그런데 훗날 시간이 흘러 내가 배우가 되어 보니 심쿵쿵쿵쿵쿵–쿵쿠루쿵쿵쿵쿵 했다. 그렇다, 돈이 웬수다. 가끔씩 생각한다. 배우가 아니었다면 나는 무엇을 했을까. 누구였을까.

무슨 소리인지는 당최 모르겠지만 배우로 살 때는 철학적 사유를 많이도 했다. 쪼그라든 뱃속을 음식이 아니라 이러저러한 사유로 채우곤 했다. 배가 고프니 뭐라도 채워 넣어야 했던 것일까. 그런데 돌이켜보면 기억에 남는 게 하나도 없다. 지금은 배가 충분히 부르니 그런 고민을 할 필요가 없어서일까. 내 삶에 찍혀 있는 하나의 점. 그 점이 바로 배우였다는 사실만큼은 뿌듯하다.

취미는 이렇게 직업이 될 수도 있다. 책임은 못 짐.

**04 멍 때리기**

■ 정신 활동  □ 육체 활동

난이도 ★★☆☆☆

가성비 ★★★★★

만족도 ★★★★★

한줄평 미운 오리 새끼에서 일상의 쉼표까지

나는 언제나 부정한다. 스마트폰 중독은 아니라고. 늘 습관처럼 손에 들고 다니는 것이 아니기 때문에 애써 중독이 아니라고 부정하고(아니다), 또 구시렁거린다(아니라니까).

진짜 아닌데. 구시렁구시렁.

그런데 나도 모르게 손에는 스마트폰이 고스란히 들려 있다. 검색하는 웹페이지는 언제나 비슷비슷하다. 뻔한 뉴스 검색, (내 책을 첫 번째로) 다양한 책들과 음악 서칭, 공연이나 콘서트 확인까지 거치면 은근 시간이 쭉쭉 흘러가 있다. 그러다 보면 뭔가 죄책감이 들기 시작한다. 스마트폰에서 조금이라도 멀리 떨어지는 삶을 살라고 수많은 매체에서 이야기하고 있는데, 그러한 외침도 결국 스마트폰으로 확인하는 나, 그리고 현대인들.

그런 죄책감에서 벗어나고자 요즘은 전자책을 정기 구독 중이다. 시간을 낭비하는 것만 같은 소비성 활동에서 벗어나 조금이라도 생산적인 활동을 통해 나를 다독이려 애써본다. 미필적 고의에 의한 나의 행동에 대한 정당방어-나는 오늘도 독서를 한다. 나는 오늘도 책을 읽는다-라고나 할까.

구시렁구시렁.


오늘도 지하철에 올랐다. 플랫폼에 열차가 들어온다는 안내 방송을 들을 때까지 계속 스마트폰을 들고 있었다. 문이 열리네요. 그대가 들어오-고 지하철을 타서 주위를 한번 스윽 둘러보았는데 이게 웬걸. 스마트폰을 안 들고 있는 사람이 없다. 그나마 죄책감이 드는 나 정도면 양심적인 것만 같다. 그런데 이 모습은 뭔가 현대미술의 한 단면인 듯 묘한 기시감으로 다가온다. 얼른 나의 스마트폰을 가방 안에 휙 던져 넣어버렸다. 드디어 손에서 사라져버린 스마트폰.

지하철에서 함께 부유하는 사람들을 보면서 요즘은 아무것도 하지 않고 멍하니 꽉 막힌 창 너머를 흐릿한 눈으로 바라보기도 한다. 아무것도 보이지 않는데 그것을 그냥 무의식적으로 쳐다본다. 정말 아무것도 보이지 않는데 말이다. 그동안 머릿속에 너무나도 많은 것들을 쑤셔 넣어왔던 것일까. 잠깐의 휴식, 내 삶의 쉼표 같은 느낌이 들 때가 있다. 몸도 나른해지고 머릿속은 순간 텅 비어버리는 여유로움이 몰려온다. 잘 비워야 잘 채울 수 있다는 확신이 있기 때문이다.


1879년 에디슨이 전구를 발명한 후 인류는 24시간 쉬지 않고 밝은 빛 아래에서 생활할 수 있다는 편리함을 누렸지만 동시에 자는 시간을 줄여가면서 일을 더 해야 했다. 더불어 글로벌화, 분업화, 효율성 따위를 일장 연설로 사람들에게 세뇌시켜갔다. 결국 나를 포함해 인류는 기술의 발전에 기립 박수를 치면서 동시에 일의 노예로 살아가고 있다.

그런데 스마트폰은 잠시의 여유조차 허락하지 않는다. 일의 노예가 아니라 이것은 바로 일의 폭격이다. 매순간 직장 상사에게 전화가 오고 거래처에서 문자가 온다. 심장이

벌렁거린다. 정신마저 혼미해진다. 팀별로 단체 깨톡방도 만들어져 있다. 오밤중에도 상사는 아무렇지 않게 업무 진행상황을 체크한다. 4차 산업혁명이 아니라 4차 노예혁명인 것만 같다. 회사 내 단체 깨톡 때문에 불면증에 시달린다는 기사도 여럿 보았다. 그것 역시 제발 없었으면 하는 스마트폰을 통해서. 좋은 것도 스마트폰으로 나쁜 것도 스마트폰으로. 에라이. 그냥 바다를 향해 집어던지고 싶다. 하지만 금단현상이 오겠지. 부들부들.

학창 시절 창가에 앉아 있는 친구들은 꼭 멍 때리다가 선생님에게 쥐어 박히곤 했다. 수업이 얼마나 재미없었으면 그랬을까—라는 생각을 물론 선생님은 못 하셨겠지. 그냥 멍 때리는 것은 미운 오리 새끼인 마냥 해서는 안 될 짓이었다. 그런데 최근에는 멍 때리기가 필요하다는 목소리가 나오기 시작했다. 세상 많이 달라졌다.

### 멍 때리다가 엉겁결에 유레카

결국 2014년 10월 27일 서울시청 앞 잔디밭. '제1회 멍 때리기 대회'가 개최되었다. 살다 살다 무슨 이런 대회가 열렸나 싶지만 너무나도 필요한 대회가 아니었을까. 그런데 놀랍게도 이 인기가 전국으로 이어졌다. 심지어 11월에는 중국 청두에서, 12월에는 상하이에서도 대회가 열렸다.

사실 사람들은 멍 때리고 있는 모습을 보면서 혀를 쯧쯧 찬다. "때가 어느 때인데 저러고 사는 건지 원." "열심히 뼈 빠지게 살아도 모자랄 판에 저렇게 멍하니 살면 어쩌누." 이러한 행동을 더없이 비생산적이라고 여긴다. 하지만 멍 때리는 행동이 세상을 바꿀 만큼 놀라운 창의적인 아이디어 생산으로 이어진 경우도 많다는 진실을 알고 있는지….

벌거벗은 채로 외친 한마디, "유레카." 고대 그리스 수학자 아르키메데스는 헤론 왕의 왕관이 순금인지 조사해달라는 부탁을 받기는 했지만 영 괜찮은 방법이 떠오르지 않았다. 그 와중에 머리를 식히고자 목욕탕에 몸을 푸욱 담갔는데 그곳에서 발견한 부력의 원리. 그리고는 외친 한마디.

"유레카."

사과나무 밑에 멍하니 서 있다가 만유인력의 법칙을 찾아낸 뉴턴 역시 멍 때리다가 인류 역사를 바꿔버린 케이스라할 수 있다. 비판철학의 창시자인 칸트 또한 멍하니 산책을하며 자신의 철학사상을 정리한 것으로 유명하다. 무자비한 구조조정을 단행해 '중성자탄 잭'이라는 별명이 있지만 경영

학을 논할 때 결코 빼놓을 수 없는 인물인 잭 웰치 전 GE 회장도 매일 한 시간씩 창밖을 멍하니 바라보는 시간을 빼먹지 않았다고 한다. 지식 짜내느라 대략 멍 해진다.

그렇다고 멍 때리면 창의적인 아이디어가 무작정 떠오른다고 하는 오류를 범하지는 말 것. 그동안 쌓아온 지식들과 지혜들이 멍 때리는 동안 잘 섞인 것이라 생각하는 것이 나을 테니까. 준비된 자에게만 주는 위대한 선물 같은 것이 아닐까.

그런데 멍 때리는 것이 어떻게 취미가 될 수 있단 말인가. 전문적으로 하는 것이 아니라 즐기기 위해 하는 일이라면 충분히 취미가 될 수 있다. 어떻게 보면 우리는 취미 역시 뭔가를 쉬지 않고 해야 한다는 강박으로 받아들여왔던 것은 아닐까 싶다. 운동을 해야 하고, 그림을 그려야 하고, 영화 감상이나 독서를 해야 하고 등등등. 뭔가를 너무 많이 하고 사는 현대인들에게 아무것도 하지 않는 것의 즐거움은 더없이 큰 기쁨일 수 있다. 그 자체로 취미로 인정 가능하다는 것이다.

몸의 이완을 위해 모두가 추천하는 스트레칭. 그렇다면 정신 또는 뇌의 이완을 위해서는 어떤 행위를 추천할 수 있을까. 바로 '멍 때리기'이다. 아무 생각 없이 멍하게 있다고 해서 무시하지 말지어다. 과학적으로 보면 뭔가 호르몬 분비에도 좋고, 정신 건강에도 좋고, 이것도 좋고, 저것도 좋고, 블라블라 하는 연구결과도 많이 있다.

스마트폰의 노예들이여. 오늘부터 하루 10분 만이라도 스마트폰을 집어 던지고 가만히 앉아 있어보자. 바다 건너 어느 나라에는 최근 스마트폰을 강제로 가두어두는 금고까지 생겼다고 한다. 오죽 절제할 수 없었으면 그러한 금고가 생겨났을까. 그런데 돌이켜보면 나한테도 필요한 것이 아닐까. 참으로 귀찮은 것이 많아지는 오늘날인데 스마트폰 들여다보는 것은 왜 그리 귀찮지도 않은지 모르겠다. 이상하다, 이상해.

그래도 난 하루에 몇십 분씩은 스마트폰에서 강제 해방되는 방법을 찾아냈다. 물론 이것도 다 노력이 필요했고, 연습이 필요했으며, 의지마저 절실했다. 멍 때리다가 스르륵 잠이 든다. 꿀잠에 빠져든다. 곁에는 야옹이들이 "야옹, 야옹"거리며 놀아달라고 하는데도 말이다. 무엇을 했기에, 어떻게 했기에, 왜 했기에. 취미라 해도 민망하지 않은 나만의 멍 때리기 방법이 있다.

- 제발 유출금지 -

    나만의 멍 때리기 방법을 소개한다. 두둥. 첫째, 스마트 폰은 거실에 있는 책상 서랍에 무음으로 해서 넣어둔다. (아 니면 가끔은 꺼두셔도 좋습니다.) 둘째, 스마트폰이 손에서 멀어졌기 때문에 금단현상이 시작될 것이다. 얼른 내 방으로 도망치듯 들어온다. 셋째, 방문은 닫지 않는다. 방문을 닫으 면 냥이들이 문 열어달라고 워낙에 성화여서 그 소리마저 신 경 쓰인다. 넷째, 창문을 활짝 연 다음 창문 쪽을 바라보며 벽에 기대어 앉거나 눕는다. 하늘이 보일 수도 있고, 낮은 뒷산이 보일 수도 있다.

    다섯째, 눈을 반쯤 게슴츠레하게 뜬다. 온몸에 힘을 쭉 뺀다. 최대한 연체동물로 빙의한 것처럼 빼는 것이 중요하 다. 여섯째, 숨은 최대한 고르게 내쉬었다가 들이쉬었다가 한다. 여전히 창밖은 계속 바라본다. 일곱째, 굳이 귀여운 양들을 셀 필요는 없다. 더없이 맑고 깨끗한 하늘을 바라보 고 있거나, 푸르르기가 아마존 열대우림 같은 우리 집 뒷산 을 응시하고 있으면 뇌에는 "뚜뚜뚜뚜뚜~" 엠씨스퀘어급 알 파파가 일정한 간격으로 뿜어져 나오는 것만 같다.

졸리면 마음 편히 잠들어도 상관없다. 계속 눈이 떠지면 그냥 '내 마음은 호수요, 그대 노 저어 오오' 하는 마음으로 바라본다. 그러면 분명 나의 뇌가 갑작스레 고요 속의 외침을 쏟아내기 시작한다.

"아따라야, 나 좀 살겠네. 맨날 쓸데없이 열심인 이 인간 뇌로 사느라 힘들어 죽겠는데, 이제야 나도 쉴 때가 오네. 제발 아무것도 안 하고 살아라, 이 인간아. 무슨 부귀영화를 누리겠다고 쉬지도 않고 이것저것 하려고 난리냐. 이 웬수야."

## II

어쩌면 돈이 될지도

## 05 글쓰기

□ 정신 활동 ■ 육체 활동
난이도 ★★★★☆
가성비 ★★★★☆
만족도 ★★★★☆
한줄평 하루키와 어깨를 나란히? 나란히!

출판 편집자로 오랫동안 일해왔다. 책을 한 권 한 권 정성스레 만들어간다는 것은 참으로 소중한 일이다. 누구보다 먼저 따끈따끈한 원고를 손에 쥘 수 있다는 설렘과 성취감은 이루 말할 수 없다. 두렵기도 하고 나 스스로 주눅이 들기도 했다. 모세가 십계명을 받을 때만큼의 희로애락은 아니겠지만, 뭔가 범접할 수 없는 기운으로 인해 첫 줄 읽기마저 고심했던 기억이 떠오른다.

그렇지만 편집도 결국은 밥벌이였다. 원고를 향한 감정

은 서서히 일상화가 되어버렸다. 마치 어김없이 오늘도 숨쉬고 있는 나처럼, 1만 보 이상은 습관처럼 걷고 있는 나처럼, 삼시 두 끼는 꼭 챙겨 먹는 시곗바늘 같은 나처럼…. 약속한 날에 원고가 메일함에 도착하지 않으면 분노하기도 했다. 기대했던 것보다 초고 상태가 좋지 않아 고개를 떨궈야 했다. 전화해도 받지 않는 작가에게 본능적으로 실망해야 했다. 메일을 보냈는데 읽고서 가벼이 씹어주는 작가가 미웠다.

본인의 인생 스토리에서 주인공은 자신이기에 뭔가 사정이 있겠지. 내가 이해하기도 쉽지 않고 도무지 이해할 수조차 없는 이야기가 있을지라도. 자기계발서를 많이 편집하다 보니 거기에는 보통 '약속은 칼같이 지켜라', '마감일을 맞출 수 없다면 미리 알려라', '두 번의 기회는 없다' 이런 주옥같은 메시지가 많이 담겨 있는데, 그러한 메시지에 따라 행동하지 못하는 분들을 보면 놀랍기도 하고, 역시나 온갖 감정이 내 마음을 들쑤신다. 콕콕콕, 쿡쿡쿡.

현실과 이상은 어김없이 다르다는 진실을 하루하루 감내해내고 있다. 나라고 뭐 다르겠나 싶은 미안함과 함께…. 그래도 결국 주는 게 어디야 하는 안도감과 토닥거림으로 하루는 시작되고 마무리된다.

여하튼 어느 순간 편집은 밥벌이였다. 째깍째깍 시곗바늘은 멈추지 않고 일정한 간격으로 움직이고 있었다. 나 역시 그에 맞춰지고 있었다. 원고를 받고 검토하고 편집하고 책 출간하고 끝. 도돌이표가 끝없이 이어지는 돌림노래 같다. 어느 순간 시계의 배터리가 다 소진되어 멈춰버리기 전에 나의 의지대로 배터리를 강제로 빼버리고 싶었다. 어제도 똑같고 그저께도 똑같고 오늘도 똑같고 내일도 똑같을 하루가 싫어지기 시작했다. 분노 조절이 되지 않을 만큼 싫어졌다.

'배터리야, 제발 꺼져. 나도 좀 다르게 살아보자.' 다른 시계로 갈아탔다. 내 인생의 편집 시계를 어디 구석 자리에 꼭꼭 숨겨버리고 다른 시계를 데려왔다. 100퍼센트 충전이 되어 파이팅 넘치도록 건강한 배터리를 넣었다. 째깍째깍, 째깍째깍. 역시 뭐든지 새로운 게 맛이다. 쇼핑할 때 새로운 것을 손에 쥐면 이런 기분일까.

글을 쓰기 시작했다. 나도 무라카미 하루키나 J. K. 롤링으로 빙의하고자 더없이 애썼다. 물론 소설을 쓰는 것은 아니지만 하루에 몇 시간은 꼭 무슨 일이 있더라도 엉덩이로 차근차근 써내려가고자 했다. 그런데, 그런데, 그런데, 웬걸. 토할 것만 같았다. 어느 순간에는 글을 써야지, 하는 마음가짐을 갖는 것조차 토를 불러왔다. 머리는 지끈지끈, 손은 부들부들 떨리고, 마음은 이미 달나라에 가 있었다. 내가 글쓰기를 너무 우습게 봤던 것일까? 늘 완벽하지는 않아도 완성된 글을 직접 받아보니 나도 할 수 있다고 너무 자만했던 것일까. 글을 쓴다는 것이 이렇게 사람을 지치게 하는 작업일 줄이야. 역시나 그 일을 직접 해봐야 이해 가능한 것이 진리였다. 아니 진실이었다.

많은 사람들이 '나는 왜 OOO처럼 글을 쓰지 못하는 것일까?'라고 고민한다. 그런데 생각해보면 나는 '제2의 OOO'이 되고 싶지 않은 사람이다. 나는 '제1의 조기준'이 되고 싶을 뿐이다. 문장과 글쓰기 과정을 배우고 습득은 하지만 똑같이 흉내 내는 내가 되고 싶지 않았다. 아직은 당장 명문장으로 가득한 글이 나오지 않을 수도 있겠지. 하지만 그냥 꾸준히 쓰고 싶다. 남들이 뭐라 해도 나만의 스타일로 채워나가는 A4 용지를 사랑한다. 좀 부족하면 어때, 그게 바로 나만의 문장인데. 난 천재 글쟁이도 아니니까, 나름 노력파라고 우기면 되지 뭐.


## 글쓰기 참 좋은 곳, 글쓰기에 완벽한 시간


어느 날은 아침 일찍부터 글을 쓴다. 그리고 다른 날은 오밤중에 형광등이 아닌 백열등을 켜놓고 한 자 한 자 꼬물 꼬물 끄적인다. 가끔은 점심시간쯤 배가 고파질 때 주린 배를 달래가며 쓰기도 한다. 그런데 어느 시간대에 어느 상황에서 글을 쓰느냐에 따라 글의 맛과 방향성이 달라진다는 놀라운 사실을 깨닫기 시작한다.

집에서 쓸 때, 카페에서 귀마개 제대로 꽂고서 쓸 때, 아주 가끔 공연하러 가서 정신없는 상황에서 겨우 몇 줄 쓸 때 느낌이 다 다르다. 한 사람에게서 뿜어져 나오는 화수분 같은 문장들은 이렇게나 주위 환경에 영향을 받는다. 사람은 정말로 우주보다 더욱 심오한 존재인가 싶다. (글 쓰다 말고 철학적인 사색에까지 빠져들다니….)

구시렁구시렁.


글쓰기는 사실 정확하게 이야기하자면 취미라기보다 '생활 패턴의 과감한 변화 시도'로 보는 것이 맞을 듯하다. 그런데 어느 순간 취미가 되는 글쓰기들이 생겨났던 것이다. 반드시 책으로 출간한다는 마음가짐으로 접근한 글쓰기가 아니라 나를 위한 힐링으로 다가가는 글쓰기도 있었던 것이다. 글을 쓰다 보니 나를 쓰다듬어주는 듯한 묘한 느낌이 몰아쳐올 때가 있었다.

그래서 오늘도 한 글자 한 글자 때로는 정성스레, 가끔은 무심하게 써내려 간다. 편집자의 과도한 편집증을 조금만 옆으로 치워놓고서 쓰면, 오탈자 좀 보이면 어때, 비문 좀 나오면 어때, 하는 털털한 문장들이 소복이 쌓이기 시작한다. 이 문장들을 모아서 책으로 내지 않아도 상관없다. 몇 글자, 몇 줄, 몇 문단 쌓아나가다 보니 글자들이 함께 춤을 추자고 수줍은 나를 끌어내려 하는 것만 같다. 노래를 부르자고 하는 문장들도 있다. 같이 공연이나 신나게 해버리자고 속삭이는 문단들도 있다.

더없이 편한 의자에 앉아서, 아니면 꼿꼿하게 내 허리를 곧추 세워줄 의자에 앉아서 써내려 가는 기분은 짜릿하고도 포근하다. 오롯이 집중할 수 있는 공간에서, 아니면 적당한 화이트노이즈를 즐길 수 있을 정도여도 상관없다. 써내려 가자. 하루 중 말하기가 90퍼센트 이상이고 글쓰기는 10퍼센트 이하라고 한다. 언어 사용 습관을 따져보자면. 그런데 그 10퍼센트 이하에서도 느껴지는 바가 크다. 말하기로는 스트레스가 해소되지만 글쓰기로는 힐링이 되는 놀라운 경험, 한 번 해보라고 넌지시 부추기고 싶다.

좀 못 쓰면 어때. 당연히 처음인데. 어떻게 첫 줄을 쓸지 모르면 어때. 내 글이니까 아무도 보지 않을 테니 쓰고 싶은 걸 쓰면 되지 뭐. 글을 쓰다 보면 인내심도 길러지고 집중력도 향상된다고 많이 이야기한다. 그런데 그 이야기는 80퍼센트는 맞고 20퍼센트는 틀린 것만 같다. 안정된 마음으로 한 글자 한 글자 쓰다가 그 다음 문장으로 넘어가지지 않는 뭔가 커다란 장벽 앞에 서 있는 심정이 되면 짜증이 솟구치고 분노 게이지가 폭발한다. 이것마저 잘 참고 넘어가야 진정으로 인내심을 이야기할 수 있을 것이다. 집중력도 역시나 길러질 것이다.

하지만 나는 성인군자가 아니라서 짜증도 내고 집중도 흐트러져서 자리를 박차고 일어나 아이스크림이나 사 먹으러 나가버린다. 당분이 가득한 초코바도 땡기고, 탄산음료를 들이키기도 한다. 작가라고 뭐 별다를 게 있을라고. 나도 사람인데 뭘. 똑같이 이 바람에 흔들리고 저 바람에 들썩거리는 사람인 것을.


PS. 그간 제가 편집해왔던 책들의 국내외 작가님들과 번역가님들에게 진심으로 죄송한 말씀드립니다. 제가 해보니 못 해 먹겠다는 말이 머리 꼭대기까지 올라오더라고요. 다들 성인군자들이세요. 제가 더없이 많이 배워갑니다. 명문장을 배우기에 앞서 인품을 먼저 배우도록 하겠습니다. 감사의 큰절을 올립니다.

## 06 영어회화

☐ 정신 활동 ■ 육체 활동

난이도 ★★★★☆

가성비 ★★★★★

만족도 ★★★☆☆

한줄평 영어 좀 못해도 괜찮아

영어가 이 정도로 광풍을 넘어 허리케인급으로 대한민국을 둘러치고 메치고 그럴 줄은 몰랐다. 아재 같은 화법이겠지만 라떼는 말이야 단순히 독해 잘해서 시험만 잘 보면 되는 용도로 영어 공부를 하곤 했다. 입시 지옥의 어두운 면을 그대로 드러내는 공부이긴 했지만, 그래도 지금만큼 다각도로 공부해야 하는 것은 아니었다.

라떼는 말이야 스피킹의 중요도가 그리 높지 않았던 바, 해도 그만 안 해도 그만이었다. 그런데 특이하게도 어느 라디오 방송을 통해서 영어 말하기의 중요성이 점차 확산되고 있었다. 당시 나는 중학교 1~2학년 정도였던 것 같다. 매달 잡지까지 발행하며 팝송으로 영어를 배운다는 방식이 컬처 쇼크였다. 영어는 좋았지만 단순히 책으로만 공부할 수 있다고 생각했기 때문이다.

그 방송에서는 늘 외치는 말이 있었다. 지나가다가 외국인을 만나면 무조건 말을 걸어보라는 것이다. 영어 스피킹이 가장 빨리 수직상승하는 방법이라고 외쳐댔다. 외국인을 만나서 영어를 사용하는 것 자체에 대한 중요성보다 언어 사용에 대한 두려움을 이겨내는 것이 더 중요하다고 강조했던 것도 여전히 기억난다. 거의 30여 년 전, 호랑이 담배 피던 시절이거나 강남이 논밭이었던 때인 것만 같다.

그때만 해도 나는 다운타운과 떨어진 곳에 살고 있어서 외국인을 만날 기회가 없었다. 섬 같지는 않지만 그래도 나름 섬에서 살고 있었기 때문이다. 지금 생각해보면 무슨 시골 깡촌에서 살았던, 영화 〈집으로〉의 배경 같다고 누군가는 오해할 수도 있는 발언이겠지만 외국인은 정말 눈을 두 번 씻어도 찾아볼 수 없었다.

그런데 영어에 대한 관심이 생겨서였을까. 외국인이 보이기 시작했다. '이상하다. 이 동네에 왜 외국인들이 다니지.

그것도 저렇게 말끔하게 차려입고 두 명이서.' 그랬다. 그들은 몰몬교 선교사들이었다. 우리 동네에서 조금 떨어진 곳에 외국인들이 살았던 것이다. 그것 자체만으로도 신기했다. 라디오 방송이 주입식으로 이야기했던 바로 그 말, "외국인이 보이면 꼭 말을 걸어보세요"를 실천해볼 수 있는 순간이 다가오고 있었다.

물론 처음에는 쉽지 않았다. 며칠은 그냥 쭈뼛쭈뼛 고민만 하다가 그들이 지나가는 모습을 하염없이 바라볼 뿐이었다. 아, 저기 완전 최고의 영어 선생님이 지나가는데 이렇게 놓치기만 하다니. 어린 마음에 그러한 생각뿐이었다. 뭐라도 한마디 건네야겠다는 생각뿐이었으니까.

드디어 오늘은 말해야겠다고 두 번 세 번 다짐했다. 심장은 콩닥콩닥 뛰고 무슨 말을 해야 할지 고민이었다. "헬로, 하우아유?" 맞는 표현인가. 모르겠다. "아이엠 기준조. 왓이즈유어네임?" 국어책이었다면 "철수야 안녕. 나는 영희야, 너의 이름은 뭐니?" 이런 느낌이었을 것이다. 선교사들은 환하게 웃으며 답했다. "암 쏼롸쏼롸." "암 블라블라." 그렇게 말하고는 더 할 말이 없어 또 쭈뼛거리다가 도망치듯 그 자리를 피해버렸다.

새벽 여섯 시(여섯 시는 절대 아침이 아니다)에 방송되는 그 영어 프로그램은 매일 '리슨 앤 리피트'처럼 외국인을 만나면 꼭 말을 걸어보라고 환영 같은 주문을 걸고 있었다. '오늘은 몇 마디 더 해봐야지.' 몇 문장을 더 머릿속에 담아두었고, 그들을 만나기만 기다렸다. 역시나 비슷한 시간에 만날 수 있었다. 근처 골목에 숨어 있다가 나를 만나려고 튀어나온 사람들인 것 같았다. 뭐, 어쨌든 상관없었다. 나는 그냥 몇 마디 말만 걸면 되니까. 그리고 그들의 말을 들으면 되니까.

다음번에 만났을 때는 몇 마디가 늘었다. 30초 만에 끝났던 대화는 1분을 넘겼고, 웃음기는커녕 화나 있을 거라 생각했을 내 얼굴은 서서히 미소와 함께 대화를 이어나가고 있었다. 오늘 하루는 어땠는지, 뭘 먹었는지, 왜 이 동네에 사는지까지 묻는 경지에 이르렀다. 물론 이렇게까지 하는 데는 몇 달이 걸렸다. 꽤나 많은 시간이 걸렸고 꽤나 열심히 대화를 이어나가기 위해 사전 시뮬레이션을 하고 문장들을 머릿속에 잔뜩 담아두었다.

노력의 결실이었을까. 영어가 재미있었다. 독해보다 스피킹이 재미있었다. 리스닝도 재미있었다. 팝송으로 영어를 배우는 즐거움이 이런 것이었나 싶었다. 신세계가 펼쳐졌다. 등 뒤로 분명 영화처럼 후광이 펼쳐졌으리라. 노래는 원래 좋아했는데 그 노래로 영어를 배울 수 있다니 그냥 신기했다. 성적을 위한 공부가 아니라 즐거움을 주는 공부가 되다 보니 그냥, 그냥 재미있었다.

그렇게 영어는 성적용이 아니라 취미용이 되어갔다. 독해보다는 스피킹과 리스닝을 더 공부했다. 사실 훗날 이 정도까지 영어가 대중화 될 것이라 생각한 적은 없다. 선교사들은 교재를 열심히 소리 내서 읽어야 영어가 많이 늘 것이라고 두 번 세 번 이야기해주었다. 지금 생각해보면 참으로 감사한 조언이었다. 중얼중얼 주문을 외듯 영어를 소리 내어 읽다가 가끔은 그것만으로 지치면 오버액션을 하듯 상황극을 만들곤 했다.

이후 영어는 어렵지 않았다. 아니, 어렵지 않았다기보다 두려움에서 멀어질 수 있었다. 영어 말하기 대회에도 참가하고, 영어 캠프가 있으면 빠지지 않았다. 내가 무슨 영어 전도사가 되어가는 것만 같았다. 그러다 보니 왠지 영어 공부 잘해두면 나중에 굶어 죽지는 않을 거라는 생각에까지 이르렀다. 이런 똑똑한 발상이라니. 정말 그랬다.

국내에서 영어 라디오 방송의 공부법만 열성 추종했던 신토불어 내가 영화제, 연극제 등에서 자원봉사 통역일을 하기도 했다. 해외 영화제에 초청받아 간 적도 있었다. 물론 놀러가는 겸 해서 갔던 자리였지만 말이다.

### 영어가 잘하고 싶다고요? 이렇게만 해보세요!

영어를 넘어서 언어 공부는 크게 세 가지로 말해볼 수 있다. 첫째, 현지인처럼 말을 해봐야 한다. 쌀라쌀라 하더라도 부끄러워하지 말고 그들의 감성으로 말을 해야 한다. 현지인과 대화를 하면 가장 좋지만 그렇지 않아도 상관없다. 누군가 앞에 있다 생각하고 증강현실인 양 해도 된다.

둘째, 현지인의 생각을 가져야 한다. 한글과 영어는 어법이 다르다. 한글의 문장 흐름을 그대로 따라하다 보면 영어로 표현하는 데 어려움을 겪을 때가 많다. 그러니 생각 자체가 영어식으로 되어야 한다.

셋째, 영어로 꿈을 꿔야 한다. 한창 영어 공부에 빠져 있던 학창 시절에 엄마가 어느 날 내게 말했다. "아들, 너 자다가 영어로 잠꼬대를 하더라. 신기해서 들어봤는데 분명 영어였어." 물론 꿈을 꾸며 잠꼬대를 내 의지대로 할 수는 없지만 영어에 미쳐 있다 보면 분명 그렇게 되는 날이 올 것이다.

대학생활을 하며 너도 나도 어학연수를 떠나던 그 시절, 나는 어학연수 한 번 가지 않았다. 엄마가 "한번 다녀올래? 좀 보태줄 수도 있을 거 같은데"라고 말씀하셔도 약간은 자신감에 차서, 아니 당당하게 "괜찮아요. 어설프게 3개월 다녀오느니 지금처럼 하는 게 더 나을 거 같아요"라며 멋진 아들의 모습을 보여드렸다. 물론 훗날 이 땅에 금융위기가 왔을 때 그 돈은 한 줌의 재처럼 사라져버렸다. 차라리 그때 여행 겸 다녀왔으면 좋았을 텐데, 하고 후회하던 때가 있었다. (사실 좀 길게 후회하긴 했다. 아까워도 너무 아까웠으니까.)

이후 뮤지컬배우로 경력을 쌓는 동안 가난과 예술은 일심동체여야 한다고 어느 선배가 말 같지도 않은 말을 할 때마다 목구멍 너머로 욕은 랩 가사처럼 올라왔지만 영어를 잘해둔 덕분이었는지 아르바이트로 영어 관련 일을 많이 했다. 거짓말 조금 많이 보태자면 국내파로 영어 좀 한다고 까부는 방법을 한 권의 책으로 쓸 수 있을 만큼이라고나 할까. 영어로 큰 성공을 거둔 것은 아니지만 좀 까불거릴 수 있을 정도는 된다고 생각하기 때문이다. 뷃

그렇게 영어는 취미급 관심에서 여전히 내 삶의 일부로 관통하고 있다. 가끔씩 해외에서 친구가 올 때마다, 아니면

이태원에 놀러갈 때마다, 우연히 길에서 누군가가 지도를 들이밀 때마다 아주 스무~스하게 설명해준다. 물론 현지인만큼 능수능란하게 단어와 문장 구조 전혀 틀리지 않고서 표현하지는 못하겠지. 그래도 상관없다. 그들은 내 말을 들으며 충분히 이해했을 것이고, 나는 충분히 할 만큼 포인트 있게 설명했으니까.

그러면 옆에 있는 친구들이 이렇게 한마디 거든다. "우와, 너 영어 쫌 하네. 멋진데. 어디서 공부했냐." 어깨가 으쓱해지는 순간은 이렇게 찾아온다.

## 07 SNS

□ 정신 활동  ■ 육체 활동

난이도 ★★☆☆☆

가성비 ★★★★☆

만족도 ★★★☆☆

한줄평 SNS 핵인싸 등장

약 20여 년 전(…), 혼성 3인조 그룹 쿨은 '애상'이라는 노래에서 '일부러 피하는 거니. 삐삐 쳐도 아무 소식 없는 너'라며 삐삐 대화의 일상화를 이야기했다. 당시에는 삐삐 음성메시지를 듣기 위해 공중전화 앞은 매시간 매분 매초가 북새통이었고, 카페 테이블마다 삐삐 수신용 전화기가 비치되어 있었다. (지금 세대는 당최 무슨 말인지 모르겠지, 하하하.) 당시 X세대, 즉 신세대들은 삐삐 좀 허리에 차고 있거나 목에 걸어야 자신의 세련됨을 은근 표출할 수 있었다.

음성메시지의 불편함을 줄여보고자 착안된, 역시나 세련된 문자 기호들도 있었다. '0124(영원히 사랑)', '1010235(열렬히 사모)', '8282(빨리빨리)'처럼 지금 생각해보면 너무나도 유치해서 손발이 오그라들 것만 같은 표현들이 사랑 표현이나 긴급한 상황을 위해 즐겨 사용되었다. 글을 쓰는 지금 이 순간에도 그 당시를 떠올려보니 2차로 오그라들어서 버터구이 오징어가 되는 것만 같다.

그래도 음성메시지를 통해서라도 상대의 목소리가 듣고 싶었다. 얼굴을 볼 수가 없어 애가 타지만 벽을 보며 이야기하는 듯한 어색한 심정 너머로 "잘 자, 내 꿈 꿔"라며 오글오글 원투 펀치 강냉이가 더해져야 마음 편히 잠들 수 있었다. 세상에나, 당시에는 도대체 왜 그랬다니.


약 20여 년 후, 스마트폰은 일상의 모든 것을 잠식해버렸다. 더 많은 지식을 내 손 안에서 쉽고 빠르게 검색할 수 있다는 메리트가 있지만, 동시에 나의 많은 정보가 아무나의 손 안에서 쉽고 빠르게 검색될 수 있다는 무시무시한 상황에 노출되어버리기도 했다. 그런데 이제 그런 것은 대수롭지도 않다. 이미 노출된 내 정보를 삭제하려 애써봐야 할 수도 없을뿐더러 아무런 의미조차 없는 짓이기 때문이다.

스마트폰은 편리함과 시간 단축이라는 무기를 앞세워 현대인의 최고 미덕으로 불림과 동시에 생각을 멈추게 하고 사람 간의 관계를 단절시켜버리는 필요악으로 불린다. 심지어 이런 말은 스마트폰을 매일같이 쓰는 대다수 일반인들조차 다 알고 있다. 하지만 벗어날 수 없다. 꽁꽁 묶인 밧줄을 풀 수 없는 상황이 되어버린 것이다. 오히려 꽁꽁 묶인 상황에서 안도감과 편안함을 느끼는 것마냥 의지조차 없다. 스마트폰 속만 들여다보느라 상대의 눈을 마주칠 시간도 여유도 없다. 그러다 보니 실질적인 대화는 점차 줄어든다. 오히려 대화 자체가 이루어지지 못하고 있다.

말을 할 필요가 점점 없어지니 말을 할 이유가 사라지는 것이다. 누군가와 마주하는 것이 불편해지고 두려워지는 것이기도 하다. 결국 SNS 대화, 카톡 대화가 일상의 대화를 잡아먹어버렸다. 침묵이 미덕임을 보여주는 것이라고 생각할 수도 있지만 이는 순전히 오해다. 미덕이 아니라 침묵의 벽을 쌓아버린 것이다. 높게 더 높게 쌓아올릴수록 진정한 현대인이 되는 것이란 말인가. '나는 당신과 직접적으로 대화하는 것이 두려워요. 무슨 말을 해야 할지도 모르겠고요. 그냥 톡으로 이야기하시면 안 되나요?' 모두가 이렇게 카톡으로 말하는 것만 같다.

처음에는 나도 나보다 아래 세대와의 카톡 대화, SNS 대화가 상당히 불편했다. 불편하다 못해 답답했다. 원래는 L 사이즈 옷을 입어야 하는데 M도 아니고 S를 억지로 입어버린 것만 같은 더부룩한 불편함이었다. 손으로 꼼지락거리며 자그마한 자판을 톡톡톡톡톡 치는데 시간도 많이 걸리고, 나의 말에서 묻어나오는 감정이나 속뜻을 문자로 어떻게 표현하나 싶었다. 제아무리 이모티콘이 있다고 해도 속마음을 보여줄 수는 없는데 그들은 눈을 마주치며 대화하기를 어려워하고 불편해했다.

사실 내가 불편한 것보다 그들이 불편해하는 눈치가 더 컸다. 나는 잘못도 없는데 괜히 미안해지는 심정적인 심정, 느낌적인 느낌이었다. 누군가와 직접적인 관계를 맺는다는 두려움이 스멀스멀 피어나오는 것이었다. 말을 한다는 것이 그렇게나 어려운 것이었나? 나의 세대에서는 그러한 어려움을 딱히 느끼지 못했던 것 같은데….

그래도 꼰대가 되고 싶지 않아서, 아니 그렇게 불리거나 뒷담화로 듣고 싶지 않아서 적응해야 했다. 어쩌겠는가, 대세를 따라야지. 대화는 최대한 단순하게 적어야 했다. 군더더기는 없지만 몇 마디만으로, 그리고 거기에는 꼭 이모티콘이 동반되어야 했다. 기분 좋은 상황에서는 억지로라도 옷어야 했고, 슬픈 상황이라면 슬퍼해야 했다. 물론 내가 그런 것은 아니다. 내 아바타도 아니라, 내 이모티콘이 대신 해주었다. 그러다 보니 이모티콘을 사고 또 사고, 모으고 또 모아서 뭐라는 부자는 못 되고 이모티콘 부자가 되었다. 찰떡같이 보내면 꿀떡처럼 맞받아 쳐야만 했다.

아, 피곤하다. 이거 내 스타일 아닌데. 그냥 전화 통화하는 게 더 속편한데.

## 당신의 눈을 그윽히 바라보며 한마디 하겠습니다만

TV에서는 연일 '비대면 대화'의 심각함을 즉석토론, 100분토론, 아침토론, 심야토론 등을 통해 다람쥐 쳇바퀴 굴리듯 이야기하고 또 이야기한다. 도대체 누구를 위해서 자꾸 이야기만 하는지 모르겠다는 심정이다. 끊임없이 스마트폰을 통해 대화를 시도하는데 시도하면 할수록 더 외로워지고 고독해진다며 진정한 풍요 속의 빈곤을 강조한다.

다들 SNS로 끝없이 세상 모두와 연결되어 있으니 대화할 상대가 넘쳐나는데 제대로 대화하지 못하는 아이러니함과 어이없음. 저장되어 있는 번호만 누르면 통화할 사람이 있는데도 시도조차 하지 못하는 답답함과 갑갑함. 실질적인 대화를 주고받으면 오해의 돌발 상황이 발생할 필요도 없을 텐데 톡으로만 주고받으니 오해가 생기고 그런데 통화하기는 더더욱 두려우니 그냥 넘겨버리고. 사람과 사람 간의 관계를 두부 자르듯이 싹둑 잘라버리는 고독함과 단절.

그래서 나는 생각해냈다. 나만의 방법을. 고독한 40대, 세대 차이 나는 70년대 생이 되지 않아야만 했다. 즉, 카톡 및 SNS 대화와 전화 통화를 적절히 센스 있게 섞어 사용하는 것이다. 나에게는 여전히 생소하고 힘들지만 새로움에 뒤처지지 않도록 반드시 익혀야만 하는 이 대화 방식을 취미처럼 받아들이기로 했던 것이다.

새로운 문물을 접했는데 자신만의 스타일로 변형해버린 진화한 신인류 중 하나라고나 할까. 스마트폰을 사용한 지 꽤 오랜 시간이 지났는데도 사실 톡으로만 대화를 주고받는다는 것이 지금도 어색하다. 스마트폰이 90년대 생만을 위한 도구는 아니지 않은가. 말로 속 시원하게 하면 될 텐데 왜 이러고 있지—라는 생각도 종종 든다. 그러니 나만의 방식으로 스트레스 받지 않고 효과적으로 이용하고 싶을 뿐이다.

다시 한 번 설명하련다. '취미'의 뜻을. 이력서에 한 줄 써넣기 위함이 아니며, 전문적으로 하는 것이 아니라 즐기기 위해 하는 것임을. 그렇다. 나는 2019년식 대화 방식을 즐기기로 했다. 톡톡톡톡톡 자판을 두드리지만 길게 많이 두드리지는 않는다. 핵심만 간단히. 오해할 만한 상황이 생기면 양해를 구하고 전화를 하겠다고 두드린다. 하지만 바로 걸지는 않는다. 상대가 불편해할 수도 있으니. 배려, 매너, 신중함. 하지만 나는 피곤함.

2019년식 대화 매너 또한 존중해야 한다. '언제쯤 전화드리면 될까요. 편한 시간에 맞춰서 하겠습니다. 아니면 시간 되실 때 전화 주세요. 저는 언제든지 상관없으니까요.' 톡톡톡톡톡. 숫자 '1'이 얼른 사라지기만을 기다린다. 그래야 읽었다는 뜻일 테니. 그런데 한편으로는 굳이 기다리지 않는다. 읽었으면 답이 오겠지. 역시나 즐기는 마음으로 대화에 임하자. 스트레스 받지 않고. 띵동. '조금 이따 연락드릴게요.' 성격 급한 사람은 이렇게 생각하겠지. '이따 연락은 도대체 언제라는 거야.' 그런데 난 이렇게 받아들일 것이다. '하고 싶으면 하겠지. 아니 할 만하면 하겠지. 그쪽에서 전화했는데 내가 못 받으면 어때. 나라고 하루 종일 그 전화만 기다리는 것은 아니니까 말이다.'

아, 그러고 보니 2019년을 살아가는 신세대, 신인류는 이처럼 시크한 도시남녀 스타일로 대꾸할 줄 알겠지? 70년대 생은 대화하는 데 심각한 콤플렉스에 시달리지는 않았던 세대이니까. 우리는 취업하는 데 고통이 컸지만 목소리는 갖고 살았구나 싶다. 그런데 요즘 90년대 생은 목소리가 사라지는 것만 같아 안타깝다. 이 목소리든, 저 목소리든 제대로 속 시원하게 소리 내지 못하는 그들이 안쓰럽고 그들에게 미안하다. 차라리 우리가 나았단 말이던가.

**08 취미 수집**

■ 정신 활동　□ 육체 활동

난이도 ★★★☆☆

가성비 ★★★★☆

만족도 ★★★★☆

한줄평 이력서 취미란이 존재하는 이유

우리나라 이력서에는 면접관들이 딱히 궁금해할 것 같
지도 않고, 대부분 '독서, 음악 감상, 영화 관람' 등으로만 채
워지는 취미나 특기란이 왜 있는지 모르겠다. 누가 시작한
궁금증인지 당최 알 수도 없고, 알고 싶지도 않지만 회사는
분명 'SNS 활동' 이런 걸 가장 좋아하겠지. 특히나 마이크
로 인플루언서 정도만 되어도 업무와 바로 연관 지을 수 있
으니까.

취업준비생들이 가장 고민하고 어려워하는 작성란이 바

로 취미/특기라는 설문 결과도 있다고 한다. 그렇다고 해서 정말 특이하고 이상한 것들을 적을 수도 없는 노릇이다. 단체생활을 해야 하는 회사에서 창의적으로 돋보이는 사람을 원하지, 너무 튀거나 독특한 사람은 딱히 좋아하지 않을 것이다. 창의적인 것과 튀거나 독특한 것은 정말 종이 한 장 차이인데 말이다.

출판사에 편집자로 지원했을 때 나는 무슨 취미와 특기를 적었는지 곰곰이 생각해본다. 노래, 춤, 연기? 이런 걸 적었던가. 분명 심플하게 적지는 않았을 텐데. 보통 노래를 적으면 재미삼아 노래를 시켜본다는 이야기를 들었는데 그런 기억은 나지 않는다. 그렇다면 일반적으로 많이 적는다는 '독서, 음악 감상, 영화 관람' 등을 적었을까. 그렇진 않은 거 같기도 하고.

물론 조금 창의적으로, 아이디어 넘치게 적는 센스가 필요하다는 생각이 든다. 그냥 독서라고 적기보다 '스릴러 소설 중독'이라든지, '1년에 자기계발서 100권 읽기', '감성 에세이 탐독' 이러한 방식이 같은 값이면 다홍치마라고, 좀 더 매력적으로 다가오지 않을까. 너무나도 안타깝지만 취미다운 취미를 경험해보지 못했을 회사 간부나 경영진들에게도 색다른 즐거움과 호기심이 될 수 있을 것이다.

'음악 감상'이라고 해서 별 다르지 않다. '클래식 마니아', '빈티지 LP바에서 재즈 감상', '하루키 추천곡 마스터하기' 이러한 방식이 회사에는 더욱 가치 있는 사람으로 보일 것이다. 그러면 영화 관람은 뭐라고 쓰면 좋을까. '진취적이고 나보다 타인을 위해 애쓰는 마블 히어로영화 마니아', '섬세하면서도 디테일이 강한 인디영화 관람', '클래식무비 동호회 활동' 이렇게 적어보는 것도 나쁘지 않을 것 같다.

사실 이렇게 써보나 저렇게 써보나 결론적으로 내용은 똑같다. 하지만 분명 나만의 취향이라는 것이 있다. 조금만 아이디어를 떠올려본다면 나의 취미가 독특하고도 매력 있게 전달될 수 있을 것이다. 회사에도 도움이 되는, 그래서 좀 더 눈에 띄는 신입사원이 되지 않을까.

물론 이런 걱정을 할 수도 있을 듯. '괜히 뭔가 잘한다고 썼다가 회사에서 이런저런 일 더 시키면 어쩌지.' '취미/특기도 스펙이 되어야 하다니, 너무 힘들다.' '학교 다닐 때도 공부만 하고 취업 준비만 하느라 취미/특기는 생각해본 적도 없는데 뭘 어떻게 해야 하는 거지?' 이런 고민, 충분히 공감한다. 놀아본 사람이 놀 줄 안다고 취미도 즐겨봤던 사람이 즐길 수 있을 것이다. 그런데 그렇게 해보지도 못했는데 어떻게 그 한 칸을 채워 넣어야 한단 말인가.

## 평범하지만, 특별하게

우리는 지금까지 공부 적성만 너무 고민해왔다. 공부 이외의 삶에 대해서는 고민할 시간과 여유조차 주어지지 않았다. 그러다 보니 번아웃 되거나 슬럼프가 찾아왔을 때 어떻게 대처해야 할지 감당을 하지 못하는 것이다.

취미 이야기를 할 때 박세리의 눈물이 떠오른다. 2004년 우승 이후 슬럼프에 빠져버린 천재 골퍼. 경제 악화로 끝없이 침몰하던 대한민국에 한 줄기 빛이 되어줬던 그녀의 슬럼프는 골프팬이 아니어도 안타까움이 사무치도록 컸다.

그녀는 처음에 '이유 없이 갑자기' 찾아온 슬럼프에 고통을 느꼈다고 한다. 하지만 분명 이유가 있었다. 그녀가 깨닫지 못했을 뿐. 시간이 지나고 자신을 되돌아보던 중 그녀는 알게 되었다. 명예의 전당에 오른 후 생겨버린 목적 상실에 따른 허탈감, 골프 이외의 삶을 꿈조차 꿀 수 없는 단조롭기만 했던 해외생활, 실력 있는 후배들의 등장에 따른 초조함과 함께 그녀는 취미생활 하나 없는 자신의 모습이 안타까웠다고 말한다.

세기의 라이벌이던 아니카 소렌스탐이나 로레나 오초아는 요리나 여행을 즐기고 봉사활동을 통해 스스로의 자존감을 키워나가면서 여유 있게 우승에 대한 강박관념에서 벗어날 수 있었던 것이다. 그러니 아버지에게 울면서 "왜 내게 노는 법을 가르쳐주지 않았어요"라고 따지듯 말했다는 박세리의 심정을 충분히 이해할 수 있다. 〈아이언맨 3〉에서 토니 스타크가 "누구나 취미는 있어야 하잖아"라고 외친 장면이 묵직하게 다가왔던 기억도 난다.

뻔한 취미라고 생각해서 내게는 취미조차 없는 것이 아닌가 하는 생각이 들 때가 있을 것이다. 하지만 전문적이지 않아도 내가 좋아하는 일들은 무엇이라도 취미라고 할 수 있다. 그 취미는 단순히 시간 때우기용이 아니다. 나의 자존감을 세워주고, 심리적으로 안정감을 주며, 지쳐 있을 때 나를 다독여주는 힘이 되어준다. 내가 가치 있는 사람이라고 느끼게 해주며, 이 세상에 필요한 사람이라는 믿음도 안겨준다. 취미의 중요성을 말하려면 끝도 없이 이야기할 수 있다.

그런데 왜 취미를 너무나도 별것 아니라고 받아들이는지 모르겠다. 물론 생산과 발전을 위해 앞만 보고 달려온 이 나라의 시간대에서 취미는 하등 필요 없는 행위였을 수도 있다. 하지만 이제는 변해야 한다. 잘못되었다고 느껴온 것들이 하나둘씩 변화하고 있는 세상에 우리가 살고 있지 않은가. 틀린 것들은 시간이 걸리더라도 바로 잡을 수 있어야 한다.

TV 시청, 라디오 청취를 부끄러운 취미라고 여기지 않기를. 다양한 콘텐츠를 생산해내는 기획자의 밑거름이 될 수 있다는 사실을 안다면 입이 다물어지지 않을 것이다. 수많은 PD들이 TV를 시청하면서, 라디오를 청취하면서 꿈을 키워왔다. 조금만 생각과 시각을 비틀어보면 아주 단순해 보이고 별것 아닌 것처럼 보이는 것들도 위대한 취미가 될 수 있다.

살아가기 위해 억지로 해야 하는 일에 파묻혀 현재도 미래도 보이지 않을 때 내가 좋아서 한 번이라도 더 해보고 싶은 것이 있다는 것만으로도 충분히 행복한 삶이라 할 수 있다. 그러한 행복이 쌓이고 쌓여서 나를 지탱해주고 나를 보듬어주고 나를 사랑해줄 것이다. 취미는 단순히 시간이 남으니까 하는 소모적 행위가 결코 아니다. 오해는 금물이다.

*III*

---

어쨌든 '스웩' 넘치는

## 09 잡지 수집

■ 정신 활동　□ 육체 활동

난이도 ★★☆☆☆
가성비 ★★☆☆☆
만족도 ★★★☆☆

한줄평 악마는 프라다를 싸게 입었다

"작가님, 안녕하세요. 두 번째 책 출간하신 거 축하드립니다."

"감사합니다. 저 역시 이렇게 꾸준하게 책을 낼 수 있고, 작가로 불릴 수 있다는 사실이 정말 행복하기만 합니다."

"보통 작가라 하면 책을 많이 읽는다고 생각하잖아요. 요즘은 어떠한 책들을 읽고 계신지 궁금하네요."

"출판사와 잡지사에서 편집자로 근무하며 책을 일로써 많이 읽었던 거 같아요. 요즘은 그때보다는 덜 일하는 마음으로 읽기는 해요. 그런데 솔직히 말씀드리자면 책은 덜 읽고 있는 것 같아요. 오히려 잡지를 많이 읽고 있어요. 아니다. 잡지는 많이 즐기고 있다는 표현이 맞는 것 같아요. 사진도 많아서 시각적인 즐거움을 마음껏 충족해주더라고요. 더불어 상당히 트렌디한 그 달의 이슈를 많이 이야기해주잖아요. 에디터 분들의 글쓰기 방식도 좋아요. 뭔가 강렬하면서도 날렵한 문체라 참 좋아해요. 제가 글을 쓰는 방식에도 많은 도움이 되는 것 같더라고요. 이러저러한 이유로 요즘은 책보다 잡지를 더 많이 즐기는 것 같아요."

"아, 예상치 못한 답변을 들었네요. 잡지를 많이 읽으라고 추천해주시는 작가님은 처음이었어요. 감사합니다."


얼마 전 상당히 기분 좋게 진행했던 인터뷰의 한 장면이다. 그러면서 추천한 잡지가 약 10종 정도 되었던 것 같다. 카테고리도 다양했다. 남성 패션, 혼자 사는 사람들, 과학, 문학, 리빙, 브랜드, 여행, 아빠 등─나의 잡지 읽기 스펙트럼이 이렇게도 넓단 말인가─ 전혀 연결고리가 없어 보이는 분야도 보인다.

잡지라 하면 보통 미용실에서 '빠마' 하며 읽는 엄마나 이모의 모습을 떠올리는 경우가 많았다. 〈여성XX〉, 〈XX

주부〉 등과 같은 '주부'지들. 하지만 잡지의 세계는 최근 우주적으로 확장되었다. 마블 영화의 세계관이 지구를 넘어 전 우주를 아우르며 '마블 시네마틱 유니버스'라 불리는데 잡지도 그에 못지않다. '매거진 버라이어티 유니버스' 정도로 부르면 되려나. 분명 남성 패션, 혼자 사는 이야기, 과학, 문학 등등에 대한 잡지는 쉽게 이해 가능할 것이다. 어떤 잡지인지 대충 감이라도 잡을 수 있을 듯.

그런데 웬 '아빠' 카테고리? 그렇다. 빅데이터로 분석하는 획일화보다 다양성을 추구하는 삶의 형태로 바뀌고 있는 요즘이라 꽤 독특한 분야의 잡지들이 많이 발간되고 있다. 분명 지금까지는 엄마들이 반드시 알아야 하는 육아, 리빙, 교육 등의 콘텐츠로 꽉꽉 채우면서 동시에 광고도 꽉꽉 채워진 잡지들에 익숙했다. 하지만 아빠 스토리를 담는 잡지는 조금은 다르다. 아니, 많이 다르다.

우선 아빠의 취미를 이야기한다. 아빠가 아이와 어떤 식으로 놀아야 할지를 디테일하게 가이드해준다. 아내와 시간을 보내는 법도 꼼꼼하게 안내한다. 반려동물과 생활하는 현명한 방법에 대해서도 차근차근 들려준다. 중심에 '아빠'라는 단어를 두고 그에 따라 일어날 수 있는 모든 가능성을 다룬다.

그렇다면 나는 왜 이 잡지를 즐겨 읽는 것일까? 일종의 대리 만족이다. 결혼하기에도 겁이 나는 소심한 마흔인데, 아직은 아빠까지 되는 것에 자신이 없다. (그렇다고 아빠로 먼저 인정받고 언젠가 남편이 될 거라는 것은 아니다. 그러한 편견과 고정관념을 깨부수어버릴 만큼 나는 용감하지 못하다. 평소 너무나 현실적이게도 불의를 잘 참는 보통의 사람이니까.) 그런데 아빠가 되면 어떨까에 대한 궁금증은 늘 달고 산다. '혹시 내게 아이가 있다면'이라는 의문 아래 '나라면 이렇게 했을 것이다'라는 예측을 하면서 읽는다.

유튜브 스타 중에는 반려동물이나 아이들이 많다. 반려동물의 경우, 본인이 기르기에는 자신이 없지만 반려동물을 너무 사랑해서 동네 길냥이들 밥까지 아침, 저녁으로 챙겨주는 분들이 많다. 본인은 다이어트 중이거나 바쁘다는 이유로 식사를 거르는데도 동네 아이들을 살뜰히 챙기는 분들. 이런 분들은 랜선 집사로 불린다. 랜선 너머로 사랑을 격하게 표현하는 집사님인 것이다. 이것이야말로 대리 만족이다.

그렇다고 유튜브 영상을 시청만 하느냐. 그것도 아니다. 직접 사료도 보내고, 간식도 보내고, 영양제까지 꼬박꼬박 챙겨주는 분들이 많다. 연장선상에서 생각해보면 랜선 이모, 랜선 삼촌도 그렇게 해서 생겨난다.

## 당신과 잡지 사이의 거리는 멀지 않다

잡지를 통해 다양한 대리 만족을 하게 된다. 상상만으로 부자가 되었다가 우주로 여행도 했다가 스타 작가도 되었다가 한다. 부자가 되고 싶다는 불구덩이 같은 욕망은 끓어오르지만 나는 부자가 될 수 없으니까 잡지로 만족한다. 아, 이렇게 포기가 빠르다니. 과학 잡지를 읽을 때는 우주여행을 숱하게 해본다. 역시나 머릿속으로. 이러니 머릿속이 꽉 차서 늘 가벼운 두통이 오는가보다.

스타 작가, 로또 2등 당첨보다 더욱 절실하다. 왜 1등이 아니냐고? 솔직히 툭 까놓고 얘기했을 때 1등이면 그냥 그 돈으로 해외 나가서 마음 편히 살고 싶다. 사실 몇몇 나라를 검색해두었다. 제발 1등이 되기만을 꿈꾸며. 크로아티아, 그리스, 모나코, 베트남 등등. 상상만으로도 행복해진다. 아드레날린도 마구 쏟아지고, 세로토닌과 도파민도 터진 송유관 속 석유마냥 사방천지로 흩어진다. 거짓된 상상에 극렬하게 반응하는 나의 호르몬들이여, 깨어나라.

잡지를 읽고 있으면 최신 트렌드를 깊이 있게 바로바로 습득이 가능해서 좋다. 지인들과 대화하거나 청중 앞에서 강의할 때도 바로 쏙쏙 뽑아서 써먹을 수 있는 지식과 지혜가

실시간으로 쌓인다. 연말에 쏟아져 나오는 트렌드서 한두 권으로는 성에 차지 않는다. 한두 명의 저자가 결정내리고 에센스로 정리해주는 책보다는 그러한 상황을 경험하고 고민하고 삶의 일부로 체득한 사람들의 솔직담백한 이야기를 더 들어보고 싶다.

소위 말하는 사람 냄새 나는 이야기를 들어보고 싶은 것이다. 그렇다면 역시나 잡지다. 정말 다양한 잡지가 쏟아져 나온다. 메이저 잡지뿐 아니라 마이너 잡지를 포함해 20여 페이지도 되지 않는 독립 잡지도 서점마다 넘실거린다.

내가 서울에 살고 있다고 해서 언제나 힙스터들로 넘쳐나는 가로수길, 익선동, 연트럴파크 이야기만 듣거나 보고 싶지는 않다. 우리 동네 소소한 뒷이야기를 접하며 '저런 곳도 있었네' 하는 기분으로 잡지를 읽고 싶다. 뭔가 나만 아는 곳을 알게 된 짜릿함과 나만 아는 이야기를 가슴에 품고 있는 설렘을 갖고 싶은 것이다.

긴 시간은 아니지만 삼청동에 살았던 적이 있다. 고즈넉하고도 조용한 분위기에 끌렸던 것이다. 하지만 주말만 되면 동네 앞 커피숍에 커피 한 잔 사러갈 때도 샤워를 하고 옷을 제대로 갖춰 입은 다음에야 대문을 나설 수 있었다. 나는 '우리 동네'에 살고 있는 것이 아니라 '핫 플레이스'에 살고 있었던 것이다. 얼른 그곳을 떠나야 했다.

　잡지를 즐길 때마다 그러한 마음가짐으로 다가간다. 그렇게, 그렇게 사람 냄새 나는 이야기들과 사진들을 매달 10여 종 보고 읽고 즐긴다. 사람이 사람 냄새 맡고 싶은 것은 지극히 당연한 것 아닐까.

## 10 콘트라베이스

☐ 정신 활동　■ 육체 활동

난이도 ★★★★★

가성비 ★★★☆☆

만족도 ★★★★★

한줄평 누구인가, 누가 감히 조연이라 그랬어?

"지휘자는 없어도 되지만, 콘트라베이스만은 빼놓을 수 없다는 것을 음악을 아시는 분이면 누구나 인정할 겁니다. 콘트라베이스가 다른 악기들보다 월등하게 중요한 악기라는 것을 서슴없이 말씀드릴 수 있습니다. 비록 사람들이 그렇게 생각하지는 않고 있지만 말입니다."

독일 작가 파트리크 쥐스킨트가 쓴 《콘트라베이스》 중 일부다. 콘트라베이스라는 악기를 떠올릴 때마다 분명 이런 생각이 든다. 왜일까? 나는 콘트라베이스라는 악기를 약 3년째 함께하고 있기 때문이다.

처음에는 기타를 배우고 싶어서 실용음악학원을 기웃거렸다. 하지만 딱히 기타를 배우고 싶다는 생각을 갖고 간 것도 아니었다. 에릭 클랩튼, 게리 무어, 브라이언 메이에 빠져 자다가도 벌떡 일어나 좀비처럼 기타를 찾아야 할 건데 나는 기타 꿈을 꿔본 적도 없다. 진즉에 기타라는 악기가 나와 맞지 않는다는 것을 알고 있었다.

아니다. 어쩌면 기타가 나를 선택하고 싶어 하지 않는 것일 수도 있겠다. 악기처럼 예민한 물체는 생명이 없을지라도 연주할 사람을 고른다는 말을 들은 적이 있다. 애정이 딱히 느껴지지 않는다고 그쪽에서 먼저 지레짐작한 것일까. 어쨌거나 서로에게 피곤함을 주진 않을 테니 잘한 결정인 듯싶다.

그런데 솔직히 그냥 마땅히 떠오르는 악기도 없었을 뿐더러 피아노는 아주 높은 실력의 반열에 오르기까지 시간도 많이 들고, 심지어 악기를 들고 다닐 수도 없기 때문에 정기적으로 학원에 나와 연습하는 것이 귀찮을 것만 같았다. 원장 선생님의 기타 레슨 설명을 듣다 말고 학원을 한 바퀴 휙 둘러보기로 했다. 분명 속으로 그렇게 생각하셨을 것이다. '등록하진 않겠군.'

그런데 어느 레슨실 방구석에 엄청나게 큰 현악기가 하나 벽에 기대어 서 있었다. 상당히 불량스러워 보였다. 저렇게 벽에 기대고 있는 모습이라니. "저, 저 악기는 뭔가요. 왜 저렇게 크죠?" 그렇게나 오케스트라 공연을 보러 다녔으면서도 그 악기에 대한 인식조차 없었다니. 덩치만 크지 참으로 존재감 없는 악기였나보다. "아, 콘트라베이스예요. 수강생이 아직 없기는 한데 수업은 가능하세요." "저 악기 배우는 데 많이 어려울까요?" "뭐, 열심히 하기에 달린 거잖아요." "그럼 저 악기 배울게요." "…네?" 분명 이런 대화가 오갔던 것 같다.

2미터에 육박하니 내 키를 훌쩍 뛰어넘는 악기. 어떤 소리가 나는지 기억도 없었다. 단지 첼로보다 더 깊고 중후한 소리겠다는 어렴풋한 짐작 정도였다. 그냥 감이 왔다. 저 악기를 꼭 배워야 할 것만 같은 운명적인 운명에 느낌적인 느낌이 전율처럼 찌릿했다.

베이스를 배울 거라면 일렉 베이스를 배우지 왜 굳이— 하고 누군가는 물어보곤 했다. "남자라면 자고로 일렉 베이스지. 콘트라베이스는 뭐냐?" 그런데 어쩌겠니, 내가 배우고 싶다는데. 레슨비 보태주지도 않을 거라면 그냥 아닥하세요.

첫날 수업이 기억난다. 선생님이 가르치는 첫 번째 콘트라베이스 학생이라고 하셨다. 현장에서 연주로 이름을 날리던 분이신데 내가 이곳에서 첫 제자라는 것이다. 그런데 선생님 이야기가 딱히 귀에 들어오지 않았다. 지극히 탐미주의적인 심정으로 악기를 내 두 손으로 잡아보고 싶었다.

《콘트라베이스》에서는 살이 피둥피둥한 아줌마 같은 악기라고 묘사되지만 내 눈에는 그렇지 않았다. 첫눈에 반하게 한 지상 최고의 미녀를 마주하는 기분이었다. 악기의 돌연변이라고 지칭한 쥐스킨트의 발언을 도저히 받아들일 수 없었다. 네 개의 줄마저 빨리 뜯어서 연주해보고 싶은 마음뿐이었다.

## 주연과 조연을 넘나들고 있습니다

그리고는 3년이 흘렀다. 세계 최고의 미녀를 만난 설렘으로 넘실거리던 학생의 마음은 어느덧 일상의 공기를 뻔하디 뻔하게 마시는 심정으로 변해버렸다. 그런데 드디어 이 악기를 갖고서 공연을 하러 다니며 밴드 활동을 이어나가고 있기도 하다. 내 악기가 생겼다는 의미다. 오케스트라에서는 소리를 아래에서부터 받쳐주는 역할을 하기에 언뜻 무슨 악기인지 관심조차 없을 수도 있다. 화려하지 않고 묵묵하기 때문이다. 절대 다수의 군중 속에서 외롭기 그지없게 존재하는 소시민의 모습일 수도 있다.

하지만 3인조 어쿠스틱 재즈밴드의 콘트라베이스 연주자로서 이 악기의 존재감은 가히 산유국 왕자님 대접이다. 멜로디 악기인 피아노와 기타가 이 악기의 등장에 목말라한다. 메트로놈처럼 사운드를 받쳐줘야 편하게 리듬을 탈 수 있기 때문이다. 우리 밴드에는 드럼이 없기 때문에 더욱 콘트라베이스의 가치는 빛난다. 《콘트라베이스》에서 콘트라베이스는 존재감 없는 영혼처럼 그려져 있지만 나의 현실에서는 분명 다르다. 낮은 담장 넘어 집 안에 숨어 있는 최 진사 댁 셋째 딸 같은 위치라고나 할까.

스스로 전면에 드러나지 않지만 전체의 하모니를 위해 반드시 필요한 사람이 있다. 아니면 상대를 빛내기 위해 묵묵히 그 자리를 지키는 조연과 같은 사람도 있다. 이 악기를 연주하면서 언제나 그러한 마음을 잃지 않는다. 악기를 둘러싼 비하인드 스토리를 마음속에서 놓지 않는다는 것이다.

하지만 콘트라베이스라는 악기 자체로만 본다면 주변을 밝히기 위해 자신을 태우는 촛불처럼 고결하고 가치 있다고 할 만하다. 인생은 타인을 중심으로 보았을 때 나는 언제나 조연이지만 내 인생은 언제나 나에게 주연의 삶이기 때문이다.

콘트라베이스는 내 목소리처럼 깊은 심연의 소리를 낸다. 그래서 더욱 애착이 간다. 곁에 두고서 늘 수다 떨고 싶은 친구 같다. 찰떡궁합처럼 잘 맞는 그런 친구 말이다. 하지만 부피가 크고, 무게가 엄청나기 때문에 쉽게 다가가지는 못한다. 딱 그만큼의 관계가 오늘날 우리에게 필요한 것인지도 모르겠다. 더없이 나와 잘 맞다는 생각이 들면서도 어느 정도의 거리는 유지하게 되는 사이.

콘트라베이스는 철학적 명제를 던져주듯 매일매일 나를 돌아보게 한다. 그래서 이 악기가 좋다. 남들은 잘 몰라도, 나는 잘 알고 있다고 믿어 의심치 않는 바로 이 악기를 메고서 다음 주에도 공연을 떠난다. 찰리 헤이든이나 에스페란자 스팔딩 같은 명연주자는 아닐지 몰라도 나는 지금도 내 연주의 주인공임에는 분명하다.

## 11 탱고

☐ 정신 활동 ■ 육체 활동

난이도 ★★★★★

가성비 ★★☆☆☆

만족도 ★★★★★

한줄평 **탱고는 탱고다**

탱고. 1880년 무렵 아르헨티나 부에노스아이레스의 하층민 지역에서 생겨난 춤. 처음 등장했을 때의 명칭은 바일리 꼰 꼬르떼<sup>baile con corte</sup>. 멈추지 않는 춤이라는 뜻이다.

탱고. 1913~14년 사교댄스나 살롱뮤직에 적합한 세련된 형태의 연주곡. 4분의 2박자가 8분의 4박자로 바뀌면서 더 감상적이면서도 우수에 젖은 곡조가 되었다. 멜로디는 우아하고 목가적이며 리듬감도 넘치고 부드럽다. 선율마저 감미로워 사람들의 영혼 깊은 곳을 터치한다.

탱고. 할리우드 최초의 섹시 아이콘 루돌프 발렌티노와 비행기 사고로 사망한 전설의 아르헨티나 가수 카를로스 가르델로 인해 세계적으로 퍼졌다. 풍부한 표현력과 거칠면서도 달콤한 사랑스러운 매력으로 탱고를 변방의 음악이 아닌 중심의 음악이라는 반열에 올려놓았다.

마지막으로 탱고. 아스토르 피아졸라. 1950년대 이후 각광받은 전설의 음유시인. 클래식과 재즈를 탱고에 접목시켰으며, 피아노, 반도네온, 바이올린, 베이스, 기타라는 다섯 악기로 탱고를 연주했던 마에스트로.


탱고를 이해하려면 이 정도의 설명은 듣고서 시작할 필요가 있다. 한 명의 남자. 그리고 또 한 명의 여자. 땅게로. 그리고 땅게라. 남자가 리드하고 여자는 팔로잉한다. 하지만 플로어에서는 여자가 빛난다. 화려한 치맛자락을 통해 다양한 스텝을 선보일 때마다 강렬한 눈빛이 슬픔에 빠져든다. 처음 만난 남녀일지라도 춤을 출 때만큼은 사랑에 빠진 커플인 것만 같다.

탱고 클럽에서는 춤을 추고, 음악을 듣고, 사랑에 빠지고, 낭만을 누빈다. 처음 본 당신일지라도 나는 당신에게 춤을 신청한다. 젠틀맨으로서 최대한 정중하게 다가간다. 거절을 당할 수도 있다. 하지만 기분 나빠 하지 않는다. 땅게라에게도 이유가 있을 것이다. 절대 불쾌해할 필요가 없다.

플로어에서 모두들 춤을 추고 있어도 두 사람이 겨우 들어갈 빈 공간이 생긴다면 여유롭게 비집고 들어갈 수 있어야한다. 그러고는 파트너의 눈을 바라본다. '나는 당신을 믿습니다. 오늘 이곳에서 마지막 춤이 될지라도 그 춤을 당신과함께 추고 싶습니다.' 이러한 마음으로 춤을 추기 시작한다. ~~작업 걸려고 하는 마음은 춤출 때만큼은 잠시 내려두셔도 좋습니다.~~ 그렇게 첫 스텝이 시작된다.

탱고 곡이 들려주는 음표 하나하나까지 마음에 담으며앞으로 나아간다. 그리고 땅게라는 한 발짝 물러난다. 다가가고 싶지만 다가오지 못하게 하는 텐션이 이 춤을 통해 이어진다. 아브라소. 깊게 들어오는 홀딩의 자세. 땅게라의 얼굴을 옆으로 맞댄다. 그녀의 호흡이 깊게 느껴진다. 최대한행복하게 춤을 출 수 있도록 배려하고 매너를 갖추어야 한다. 그래야 땅게로로서의 자격을 갖춘 것이다.

화려한 동작을 그녀에게서 끌어낼 필요는 없다. 클럽에서의 춤은 한정된 공간에서 수많은 사람들 사이를 효율적으로 움직일 때 빛나기 때문이다. 혹시라도 슈즈를 밟지 않는 긴장감을 버릴 수 없다. 흔히 화려해 보이는 탱고는 공연용 탱고다. 이미 안무로서 준비가 되고 연습이 갖추어진 춤이다. 하지만 클럽 탱고는 다르다. 아무런 준비가 되지 않은 상황에서 즉흥적으로 이루어진다.

한 곡이 끝나간다. 어떠한 마무리로 땅게라를 멈추게 할지 고민한다. 그러면서 여전히 춤을 이어가야 한다. 종착역을 향해 달려가는 열차 같은 마음가짐이다. 칙칙폭폭, 계속되는 탱고가 서서히 멈춘다.

한 곡만 하고 들어가기에는 아깝지 않을까. 한 곡을 더 이어간다. 그렇게 늦은 밤을 넘어 새벽까지 탱고는 클럽에서 계속된다. 미드나잇 로맨스는 굳이 기대하지 않더라도 네 개의 다리, 두 개의 머리, 하나의 심장은 서로를 의지하고 기댄 채 불꽃을 뿜어낸다. 드라마틱한 테크닉은 필요 없다. 클럽에서의 탱고는 일반인들의 인생과 다름없다. 그리 화려하지 않고도 비좁은 공간에 수많은 사람들이 빽빽하게 자신의 순서를 기다린다. 그런데 파트너와 교감이 이루어지지 않으면 그 3분에서 5분의 한 곡을 출 수도 없다. 준비되지 않은 누군가는 멀리서 바라볼 뿐이다.

준비된 누군가는 다른 누군가들에 의해 쉴 새 없이 콜을 받는다. 한 곡을 추고, 두 곡을 추고, 그러다가 잠시 쉬지만 열정이 넘치는 그 누군가는 다시금 춤을 이어간다. 거절의 타이밍을 맞이하기도 한다. 싫을 때는 싫다는 표정을 지을 줄 알아야 한다. 웃음 뒤에 정중하게 거절할 수도 있다. 하지만 매너가 부족하거나 배려가 없는 누군가에게는 단호하게 거절할 줄도 알아야 한다. 이러한 모습을 보면 클럽에서 즐기는 탱고는 인생의 한 단면이나 다름없다.

탱고를 출 때는 상대의 심장 소리가 쿵쾅쿵쾅 나의 심장으로 밀려들어온다. 그 감각은 온몸을 타고 돌아 머리에까지 이어진다. '나와의 춤을 즐기고 있는 것일까. 다음에 한 번 더 신청할 수 있을까. 또 만날 수 있는 기회가 있었으면 하는데.' 이러한 생각들이 강렬한 심장의 리듬을 타고 결합한다.

## 당신은 탱고를 어디까지 아시나요

누군가는 탱고를 퇴폐적인 춤이라고 평가절하 한다. 하지만 탱고는 그 어떠한 춤보다 직관적이며 본능적이라고 이야기하고 싶다. 분명 그 사이에 절제와 중도는 갖추어져 있다. 선을 넘지 않으려는 자세는 탱고를 시작하는 모두가 지겹도록 배우는 예절이다. 그렇게 탱고의 밤은 열두 시, 한시, 두 시를 넘어 새벽 안개 헤치며 첫차를 향해 달려간다.

나는 그러한 탱고와 수 년을 함께했다. 그러한 시간 동안 나는 매너와 예절, 존중과 절제를 배웠다. 이제는 그 당시 갖추어진 습관처럼 그러한 행동을 일상에서도 이어간다. 탱고의 밤은 화려하지만 탱고의 낮은 물 아래 백조의 발처럼 바쁘게 움직인다. 연습과 연습이 이어지기 때문이다. 걷기만 수없이 해야 한다. 걷는 것이 기본이기 때문이다. 두 사람이 함께 추는 춤이기에 제대로 올바로 걸을 수 있어야 한다.

탱고. 지금은 춤을 추지 않지만 음악으로 그 아름다움을 간직해 나간다. 아스토르 피아졸라의 곡은 그렇게 내 가슴에 뜨거운 불꽃이 되어 여전히 나를 뒤흔든다. 이별 후에 만나는 탱고는 유난히 고독하다. 나의 영혼까지 짓누르듯 고통스럽게 파고든다. 그것이 바로 탱고다. T.A.N.G.O.

영화 〈여인의 향기〉에서 알 파치노는 탱고를 추면서 이런 명대사를 남긴다. "탱고에는 실수가 없어요. 스텝이 엉키면 그게 탱고니까요." 내 인생도 똑같다. 살다 보면 헛발질을 할 수도 있고, 실수는 숱하게 이어진다. 발을 헛짚어 넘어지기도 한다. 하지만 슬퍼할 필요도, 부끄러워할 필요도, 좌절할 필요도 없다.

슬퍼해야 하는 것은 슬픔에서 헤어나오지 못하는 미련한 나와 마주칠 때이다. 부끄러워해야 하는 것은 실수를 반복하고 계속해서 깨닫지 못하는 나를 바라볼 때이다. 좌절해야 하는 것은 더 이상 앞으로 나아가지 못하는 나를 발견했을 때이다. 이것이 바로 탱고의, 탱고에 의한, 탱고를 위한 메시지다.

## 12 배드민턴

☐ 정신 활동　■ 육체 활동

난이도 ★★★★★

가성비 ★★☆☆☆

만족도 ★★★★★

한줄평 당신을 믿고 열심히 해보겠습니다

어스름한 새벽빛이 겨우 터올 무렵, 버스를 타야 했다. 지금 시각은 6시 10분. 일요일 새벽이라 그런지 버스 안은 무척 한산하다. 출근하기 싫어−증을 어깨에 한 짐 메는 월요일에도 그 시간에 집을 나서지 않는데 일요일 새벽부터 웬 난리법석이란 말인가. 게다가 대중교통 할인이 가능한 시간대였다니.

대회 장소는 버스를 한 번 갈아타고서 50여 분이나 걸리는 거리였다. 물론 몽롱한 정신을 깨우기에는 충분한 시간이다. 늦가을이라 쌀쌀하지만 창문을 살짝 열어 젖혀본다. 새벽 찬바람이 혹 몰아치지만 그게 뭐 대수란 말인가. 오늘은 1승만이라도 해야겠다는 다짐이 조금 더 또렷하게 다가온다.

아침 7시 30분 첫 경기. 아이고야. 맙소사. 할렐루야. 파트너가 없었다면 분명 수면 욕구를 이겨내지 못했을 것이다. 제아무리 전날 밤 10시부터 잠들고자 애썼을지라도, 평소와는 다른 취침 시간이라 몸에서도 자동 거부반응이 일어났다. 스마트폰 불빛 때문에 수면 방해를 받고 싶지는 않아서 한 마리, 두 마리, 세 마리, 정말 쌍팔년도 영화에서처럼 양들을 세어보기 시작했다.

머릿속에 울타리를 뛰어넘는 앙증맞은 양들이 등장했다. 약 157마리 정도까지 세었을까? 그런데도 잠은 오지 않았다. '불면증이 뭐예요?'를 되뇌며 베개에 머리를 대자마자 1분 안에 잠드는 나였지만, 습관화 된 시간대가 아닌데다 긴장감이 스멀스멀 어우러져 도통 잠들 수가 없었다. 오죽했으며 거실에 둔 시곗바늘 소리가 들리기 시작했을까? "째깍, 째깍, 째깍." 결국 최면에 걸린 듯 그 소리에 잠이 들었나보다. 눈 떠보니 새벽이었으니까.

단식 출전이었다면, 기권이라도 했을 텐데. 그런데 내게는 파트너가 있다. 그가 도착했을 수도 있기 때문에, 그 역시 1승에 대한 갈망이 무척 크다는 것을 알기 때문에 꾸역꾸역 일어나야 했고, 반 좀비 상태로 대회장까지 가야 했다. 창밖은 이제 새벽이 아니라 아침을 알리고 있었다. 일요일인데도 그 시간대에 다니는 사람들이 생각보다 많다는 사실에 놀랐다. 물론 일요일 아침이었기에 밤새 클러빙을 했거나, 5차까지 술을 진탕 마신 사람들일 수도 있다. 그들은 영화 〈황혼에서 새벽까지〉 속 좀비 같은 뱀파이어 못지않은 표정으로 길거리를 헤매고 다니는 것일 수도 있었을 터이니.

대회장에 도착했다. 나의 파트너는 아직 오지 않았다. 전화를 걸었다. 받질 않았다. '뭐지 이건, 이 시츄에이션은.' 왠지 나만 손해 본 것 같은 느낌적인 느낌. 대회는 7시 30분부터인데. 아침부터 쳐야 하는 것도 억울한데 파트너마저 오지 않으면 난 뭐 하나 해보지도 못하고 실격이라 아침 댓바람부터 분통을 터뜨리며 캔맥주 까고 맨바닥에 앉아 있을지도 모른다.

뻣뻣하게 굳어 있는 몸을 가볍게 풀기 시작했다. 온몸이 쑤시고 아프고…. 나이가 들었으니까 어쩔 수 없지—라며 자조 섞인 푸념을 늘어놓을 때쯤 파트너에게서 전화가 왔다.

"미안 미안, 지금 열심히 가고 있으니까 조금만…."

"네. 아직 20여 분 남았으니 천천히 오세요."

광속으로 왔으면 하는 마음이지만 어쩌겠는가, 그렇게 되지는 않을 것이니. 그렇다. 배드민턴이라는 운동은 기본적으로 복식 경기다. 어찌 보면 사회의 축소판인 듯하다. 나 혼자서만 할 수 없는 경기. 상대방을 배려하고 시간이든 경기 운영이든 약속을 잘 지켜야 한다. 경기 중에는 즉흥적으로 전략도 짜야 한다. 정말 딱 사회의 모습 그대로다. 호흡이 맞지 않으면 상대를 이길 수 없다는 점에서도 일맥상통한다.

## 이기든 지든 경기는 계속된다

드디어 도착했다. 역시나 "우리 둘은 1승이 목표"였다. 이 말은 보자마자 나누는 인사였다. 하는 둥 마는 둥이지만 파트너의 어깨를 열심히 주물러 본다. '오늘 잘해보자고. 꼭 1승은 하자고. 3승 중에 1승, 첫 걸음이 중요하다고.'

내게는 첫 대회 출전이었다. 그러니 긴장감이 클 것이다. 우리 순서였다. 코트에 들어섰다. 함께 운동하는 동호회 사람들의 응원을 받으며 입장했다. 시작 전, 파트너와 간단하게 전략을 짰다. 자리를 잘 잡아야 한다. 스매싱이나 하이 클리어를 잘하고, 헤어핀도 적재적소에 놓을 줄 알아야 한다. 늘 동호회에서 듣던 이야기였다. 몸이 부서져라 레슨을 받을 때 코치가 늘 지적하는 말이기도 했다. 하지만 실전은 다르다. 나도 모르게 무의식중에 몸이 반응하는 대로 움직일 수밖에 없다.

우리 쪽에서 첫 서브를 넣는다. 지금 상황은 모든 것이 처음이다. 순간순간이 내 인생의 처음인 것처럼. 어떻게 흘러갈지 전혀 알 수 없기 때문에, 건너편 선수들조차 누구인지 모르는 사람들이기 때문에 모든 것이 처음인데 서브도 첫 서브다. 얼마나 긴장되겠는가. 뒤에서 누군가가 응원을 해주는데 "하던 대로만 하면 돼"라고 외친다. 나도 그랬으면 좋겠다. 하던 대로만 되면 1승은 문제없을 텐데.

서브를 넣었다. 다행히 네트를 살짝 넘어갔다. 상대편에서 셔틀콕을 걷어 올린다. 소위 '배드민턴 좀 친다'면서 약수터나 공원을 생각하면 큰 오산이다. 이건 경기다. 올림픽이나 세계선수권은 아니지만, 더불어 나는 이용대는 아니지만, 마음만은 이미 이용대 못지않다. 이기고 싶은 갈망이 터져 나오고 있으니까. 내 몸속 아드레날린도 마구 터져 나오고 있을 것이다.

파트너와 서로를 배려하며 서로의 포지션을 체크하며 랠리가 이어진다. 나는 스매싱을 때린다. 상대편이 리시브를 꽤나 잘한다. 멈칫 하는 사이에 셔틀콕이 예상과는 반대쪽으로 이동한다. 파트너가 얼른 쫓아가서 하이클리어로 밀어낸다. 셔틀콕은 춤을 추듯 왔다 갔다를 반복한다. 아차, 하는 실수 속에 우리 편이 1점을 잃었다.

상대편에서는 파이팅이 터져 나오고 우리는 약간 움찔한다. 다음 서브는 상대편이다. 서브가 잘못 들어와서 역공격할 수 있는 타이밍을 0.00001초 만에 판단해내고는 득점에 성공. 나도 모르게 터져 나온 탄성, "아자!"

배드민턴은 이런 운동이다. 나부터 물론 잘해야 하지만, 나만 잘한다고 되는 운동이 아니다. 나의 파트너도 중요하다. 오랫동안 함께 호흡하며 연습 중에 맞춰보고 장단점을 파악할 수 있어야 한다. 그래야 원원 할 테니까. 전략도 잘 짜야 한다. 정말로 사회를 그대로 줄여놓은 듯하고, 삶을 그대로 옮겨놓은 듯하다. 상대편도 빨리 판단할 수 있어야 한다. 분명 두 사람 중에 조금 더 약한 한 명이 있을 것이다. 이기려면 그쪽을 집중적으로 파고들어야 한다. 하지만 마음이 마냥 좋지는 않다. 미안함과 승부욕 사이에서 갈팡질팡하는 나를 발견한다. 이런 리얼한 운동이라니.

그래서 배드민턴이 좋다. 잘하지는 못해도 5년 정도 꾸준히 할 수 있었던 비결이었다. 한 코트 안에서 둘이 한 몸처럼 움직여야 하니까. 혼자 하는 것에만 줄곧 익숙해져 가는 나이지만, 이렇게 함께할 수 있는 무언가를 찾아야 한다는 것도 잘 안다. 아이러니한 변명 같지만 배드민턴을 통해 '나'만이 아니라, '당신'을 배려하는 법을 배워나가고 있었다.

실수하더라도 화내거나 실망하지 않고, 악수하며 파이팅을 외친다. 경기에서 밀리는 와중에도 다시 한 번 파이팅을 외친다. 그리고는 전략을 긴급하게 수정한 뒤 이길 수 있는 방법을 그 짧은 시간에 찾아낸다. 코치가 늘 지적했던 부분을 점검도 해본다. '맞다, 이렇게 해보자.'

밀리던 점수 차가 한껏 줄어든다. 서로가 서로를 더욱 믿고서 밀당하듯 경기를 운영해나간다. 매치포인트. 점수 차는 3점. 마지막 스매싱이 네트를 넘어서 바닥으로 내리꽂힌다. 누군가에게서 짧은 탄성이 터져 나왔다. 서로 얼싸안고 또다시 지겹게만 들리던 파이팅을 외치며 경기는 끝난다. 이겼든 졌든 나의 배드민턴 삶에서 첫 번째 경기는 그렇게 마무리되었다.

그런데 정말 나는 이겼을까, 졌을까? 그렇게 간절했는데 막상 끝나고 나니 그런 것보다는 파트너에게 감사하다는 생각이 먼저 들었다. 나를 믿고 파트너가 되어준 당신에게 고맙다.

이제는 두 번째 경기를 준비해야 한다. 약 한 시간 후. 배드민턴 경기장은 그렇게 수많은 파트너들로 북적거린다. 누군가는 승리하고 누군가는 패하겠지만, 그래도 서로를 믿고 의지한 채 경기는 계속된다.

## 13 트렌드 수집

■정신 활동 □육체 활동

난이도 ★★★☆☆

가성비 ★★★★★

만족도 ★★★★☆

한줄평 부록 받고 삼만리

담장을 넘어 지나는 동네 사람들에게 연신 인사하느라 바쁠 것만 같던 아름드리 석류나무 한 그루. 오지랖 넘치는 생기 덕분에 우리 집은 자연스레 석류나무집으로 불렸다. 바람이 선선하게 불 때면 살랑거리는 소리에 동네 사람들은 미소를 머금었고, 햇볕이 강하게 내리쬐는 날이면 오고가다 그 아래 잠시 더위를 식히곤 했다. 동네 사랑방 못지않은 임시 거처였다고나 할까.

그런데 남편 출근시키고, 애들 등교시킨 동네 엄마들은

삼삼오오 진짜 사랑방으로 모여들었다. "깔깔깔, 영숙 엄마, 어쩜 그렇게 남편이 자상하대. 비결이 뭐래?" "기철 엄마, 뭐 비결이 따로 있나. 건강 좀 챙기는 거지." "근데 언니, 나 오늘은 뽀글뽀글 머리 볶아도 되려나. 이 잡지 보니까 이런 머리 요새 유행인가 봐." "그치그치. 요새 이 머리, 드라마 인기 때문에 못 해서 난리잖아. 깔깔깔."

분명 그랬다. 아빠들에게 포장마차나 대폿집이 사랑방이었다면, 동네 미장원은 엄마들의 사랑방이었다. 그리고 한 켠에는 언제나 잡지들이 잔뜩 쌓여 있었다. 벽돌 못지않은 두께를 자랑하는 잡지에는 연예인 가십거리부터 정재계 인사들의 뒷이야기가 빼곡하게 담겨 있으면서 동시에 3분의 2 가까이 광고로 꽉꽉 채워져 있었다. 좋게 말하면 그 달의 이슈와 트렌드를 문화, 예술, 사회, 정치, 경제까지 세분화시켜 전방위적으로 알차게 다루고 있었던 것이다.

그렇다면 광고는 어떻게 설명하겠냐고 우문하신다면 이렇게 현답하겠다. "광고만큼 현 시대를 냉철하고도 명쾌하게 반영하는 매체가 있을까요?" 더 이상 대꾸할 수 없는 완벽한 팩트체크가 아닐까.

잡지에는 모든 것이 담겨 있었다. 그리고 잡지는 부록도 챙겨줬다. 화장품은 기본. 가끔은 건강식품도 딸려오고, 리빙 소품도 있었다. 엄마들은 동네 사랑방에서 만난 잡지를 서점에서 살 때 부록을 꼼꼼히 살피고 또 살폈다. 요새 말로 '부록을 샀더니 잡지를 주더라' 또는 '잡지는 필요 없어요, 부록만 주세요'라고 할 만했다.

동네 사랑방 한 켠의 잡지는 시간의 흐름을 타고 넘다가 어느 순간부터 종이 낭비라는 최악의 악담마저 들어야 했다. 잡지사 에디터로 근무했던 개인적인 경험을 떠올려 봐도 이렇게까지 평가받기에는 많이 억울하다. 에디터들은 기획회의로 밤을 지새우고 트렌드세터들의 바이블로 자리 잡게 하고자 애를 쓴다. 물론 명품을 찬양하는 듯한 광고성 기사들에 많은 독자들이 반감을 갖고, 한편으로는 부록에 찬양하는 물질문명 속 야누스의 두 얼굴이 떠오르기는 해도 말이다.

그런데 지금 명백히 잡지가 변하고 있다. 개인적인 삶에 침잠하는 1코노미 세대가 메인으로 등장하면서 종이 매체냐 디지털 매체냐의 문제가 아니라 부록 끼워주는 일반적인 잡지냐 광고 하나 없는 전문 잡지냐로 양분화 되고 있다.

국문학과나 문창과 학생들, 교수님들 외에는 아무도 읽지 않는다며 외면 받아온 문예지에 어느 날 아이돌 가수가 글을 쓰기 시작했다. 배우들도 칼럼의 한 코너를 맡기 시작했다. 어느 개그맨은 특집 에디터로도 활동했다. 이는 〈뉴욕타임스〉에 글을 기고했던 세계적인 록 밴드 U2의 보노 못지않은 도전이자 놀라움이었다.

어느 잡지는 페미니즘만 다룬다. 매달 브랜드 하나, 영화 하나만 집중적으로 파고드는 집념의 잡지도 있다. 환경잡지, 아빠들을 위한 잡지, 반려동물 잡지 등등. 이름만 나열해도 몇 페이지는 할애해야 할 것만 같은 다양한 잡지들이 출렁거리듯 쏟아져 나온다. 물론 부록은 따로 없다. 상관없다. 크라우드 펀딩을 통해 선주문 방식을 이용하는 경우가 많기 때문에 솔직히 말하자면 읽어보고 구입하는 것도 아니다. 주제가 좋으니, 참신하니, 세련되니, 힙하니, 특별하니 믿고 투자하는 것이다. 단 몇만 원이라도. 그래도 도대체 뭘 믿고.

그만큼 우리는 이 사회의 획일화에 지쳤던 것이 아닐까, 하고 생각해본다. 매체 생산자들이 만드는 대로 비평하지도 않고, 아니 하지도 못하고 그대로 수용만 하는 방식에 지쳐버린 것은 아닌가 싶다. '그동안 잡지라고 하면 명품 광고 도배 잡지들만 생각했어요. 하지만 어느 날 환경만 꼼꼼하게 다룬 잡지가 있다는 것을 알게 되었어요. 정말 신기했어요.'

'영화든, 문학이든, 음악이든 좀 쉽고 친숙하게 다가오는 비평으로 가득한 잡지를 읽어보고 싶었는데 정말 있더라고요.'
'후원 받아 떠나는 글만 있는 여행 잡지가 아니라 진짜 격한 감동이 몰려오는 잡지를 만나고 싶었어요. 글이 남겨주는 진한 에스프레소 같은 여운 있잖아요.'

### 단행본이 아니라고 독서 안 하는 건 아니에요

요즘에는 단행본을 읽는 비중을 조금 줄였다. 그리고 잡지를 많이 읽고 있다. 그런데 다 읽은 잡지를 분리수거 버리냐고 묻지는 말아주시기를. 차곡차곡 모으고 있다. 나만의 매거진 컬렉션이라고나 할까. 흐름이 있는 듯 책장에 꽂혀 있는 잡지들의 책등을 보면 뭔가 미술품 같기도 하다. 결이 느껴진다고나 할까.

예전에는 양장의 두꺼운 책을 책장에 꽂았을 때 참으로 폼이 난다고 생각했다. 뭔가 엘리트가 된 듯한 착각, 지성인이 된 듯한 뿌듯함이 격하게 다가왔다. 하지만 이제는 취향이 바뀌었다. 잡지다. 매달 읽고 난 잡지를 순서대로 꽂아두면 그렇게 마음에 깊은 안정이 찾아온다. 뭐랄까, 《태백산맥》,《토지》,《아리랑》 같은 대하소설을 한 권씩 모으던 감동의 뉴 버전이라고나 할까.

잡지는 책을 읽는 데 어려움을 겪고 있는 누군가에게 친절한 독서 길라잡이가 되어줄 수도 있다. 좋아하는 주제부터 시작하면 되니 흥미를 끌 수 있고, 전문 잡지들은 두껍지 않으니 휴대성이 좋고, 사진이 많으니 시각적인 즐거움마저 선사한다.

혹시라도 오늘, 지금 당장, 독립 서점에 다녀오는 것은 어떨까. 크라우드 펀딩 사이트를 검색해도 좋다. 온라인 서점 카테고리를 뒤져봐도 좋다. 생각지 못했던 다양한 잡지들이 입맛에 맞게 일렬종대 또는 좌우로 정렬로 헤쳐 모여 있을 것이다.

'나'는 분명 '나'만의 색깔이 있는 사람이다. 그러니 남들 눈치 보며 억지 대중성에 허우적댈 것이 아니라 '나'다운 모습을 존중하는 가치 있는 마이너리티에 눈길과 손길과 발길을 돌릴 필요가 있다. 재미있는 점은 오롯이 나다운 모습을 찾아가는 사람들의 이야기와 방법들만을 소개하는 잡지도 있다는 사실. 없는 게 없다.

# IV

'힐링'이 필요하다면

**14 걷기**

☐ 정신 활동　■ 육체 활동

난이도 ★★☆☆☆

가성비 ★★★★★

만족도 ★★★★☆

한줄평 **걸으면 비로소 보이는 것들**

나, 너, 그리고 우리는 아침에 눈을 뜨고 잠자리에서 일어나는 순간부터 걷기 시작한다. 결코 벗어날 수 없는 인생의 굴레마냥 그에 대한 거부감이나 부정 없이 오늘도 걷고 또 걷는다. 보통은 목적지가 명확하고, 가끔은 어딘지 알지 못하는 곳을 향해 무작정 걷는다. 터벅터벅, 그리고 성큼성큼.

호모 비아토르$^{Homo\ Viator}$, 여행하는 인간, 즉 나그네. 프랑스의 철학자이자 극작가인 가브리엘 마르셀은 인간을 이 단어로 이해하려 했다. 언제나 길 위에 있거나 어딘가를 향해 떠나야만 하는 운명을 타고난 존재가 바로 인간이라는 것이다. 인생을 지칭할 때도 우리는 길에서 의미를 찾곤 한다. 꿈을 향해, 때로는 유한한 인간의 마지막을 향해 떠나는 시간의 흐름을 걷는 것에 비유한다.

호모 노마드<sup>Homo Nomad</sup>, 유목하는 인간, 즉 유목민. 생존을 위해 장소를 이동하는 의미의 이 단어는 분명 일반적인 걷기와는 다르게 받아들여진다. 'Solvitur Ambulando.' 라틴어로, '걸으면 해결된다'는 의미다. 인생은 어떻게 보면 개개인의 순례길인 것만 같다. 그렇게 우리는 걷고 또 걷는다. 왜 걸어야 하는지 알고 있으면 다행이지만 그러지 못한 채 무작정 걷기도 한다. 의미를 찾느라 애를 쓰고, 손에 잡힐 듯하지만 결코 잡을 수 없는 것만 같은 순례자의 심정이 되어….

하지만 보통의 우리는 걸을 때 이처럼 커다란 철학적 사유를 가슴에 품고 걷지 않는다. 아니 그렇게 걷지 못한다. 출근시간에 까딱 잘못하면 지각일지도 모르는 어느 김보통 씨를 떠올려보자. 만원 버스, 만원 지하철, 만원 길거리까지 사람들로 넘쳐나는 그 사이사이를 요리조리 잘도 피해 다니며 최소한의 시간마저 절약하고자 애쓰는 모습이 눈에 선하다. 대형마트 마감 타임세일 때 킬리만자로를 어슬렁거리는 하이에나 못지않게 주위를 배회하며 한 푼이라도 아끼고자 하는 일상의 김보통 씨마저 나와 다를 바 없다. 보통의 우리는 철학적 사유가 아닌 현실적이자 치열한 목적의식을 갖고서 걷는 것은 아닐까 싶다.

분명 우리는 알고 있다. 삶을 언제나 '체험 삶의 현장'과 같은 치열함 속에서만 누릴 수 있는 것이 아니라는 사실을. 행복과 여유는 치열함에서 잠시 벗어난 어느 순간에 찾아온다는 것을. 그렇기에 걷기를 조금은 다른 입장에서 바라보자. 인류 역사와 함께한 최고의 건강 비법이자 가장 인간다우면서도 원초적인 신체 활동이라는 관점에서 바라볼 필요가 있다. 한 걸음 한 걸음 걸음으로써 타인과의 관계를 유지하고 새로운 관계를 만들어나가는 것이다. 비로소 자신의 존재 가치를 찾아가는 것이다.

독일 남서부 하이델베르크라는 도시에는 '철학자의 길'이 존재한다. 얼핏 보기에는 평범한 산책로처럼 보인다. 하지만 이곳에서 철학자 헤겔, 하이데거, 야스퍼스 등이 시대를 관통하는 철학 이론을 정립했다고 알려져 있다. 걸으면서 잡념을 줄이고 오직 풀어나가야 하는 생각에만 집중했던 것이다. 걷기는 우울증과 스트레스 해소에 도움이 되고 사고력 증진에도 크게 작용한다는 연구 결과가 있는 만큼 충분히 걸어볼 가치가 있지 않을까.

니체는 이렇게 말했다. "나는 손만 가지고 쓰는 것이 아니다. 내 발도 항상 한몫하고 싶어 한다." 루소는 이렇게 말했다. "걷는 것에는 내 생각에 활력과 생기를 불어넣는 무엇이 있다." 덴마크 철학자 키에르케고르는 "걸으면서 쫓아버릴 수 없을 만큼 무거운 생각이란 하나도 없다"라고 말하기도 했다. 왜 철학자들이 걷기를 그렇게 예찬했는지 이해할 만하다. 그러니 믿고 걸어보는 것, 어떨까?

걷기의 중요성 및 필요성에 대해 충분히 설명하고 설득하고자 애썼다. 그런데 아직도 걷는 것이 귀찮아서 못 하겠다고 떼를 쓴다면 다이어트 측면에서 유혹해보려고 한다. 무엇보다 중요한 사실 한 가지. 걸으면 분명 다이어트에 도움이 된다. 신진대사 활동에도 크게 기여한다. 운동 자체를 싫어해서 방바닥과 한 몸인 양 찰싹 붙어 있다가 영화 〈위대한 쇼맨〉 속 서커스 단원 못지않은 기술처럼 연속 3회전 방바닥 구르기가 전부인 당신에게 '걷란 무엇인가?'라는 철학적 명제마저 깨닫게 해준다.

왜 동네 어르신들이 얼굴의 반 이상을 가리는 썬캡을 쓰고서 로봇처럼 양팔을 그렇게 힘차게 흔들며, 또는 앞뒤로 박수를 그렇게 열심히 치며 산으로 들로 다니시는 걸까. 가장 쉬운 운동이라는 점과 함께 누구라도 쉽게 데리고 가서 사회적 관계를 이어나갈 수 있기 때문이다. 쉽게 말하자면 심심하지 않게 운동이 가능하니 누이 좋고 매부 좋고, 도랑 치고 가재 잡고, 님도 보고 뽕도 따고….

### 걷다가 멈칫 저 하늘을 바라본다

이제라도 출근길에 집에서 회사까지, 퇴근길에 두세 정거장 뒤에서 내려 걸어오기, 점심시간에 재빨리 식사를 마치고 근처 산책하기 등 다양한 걷기 방법을 걷기 습관으로 들여 보라고 권유하고 싶다. 그리고 그 시간에 혼자 걸으며 고요하게 생각을 정리해보는 것도 좋다. 시끄럽고 정신없고 사람들로 북적이는 곳에서는 집중은커녕 숨쉬기조차 어려울 테니 차분하게 오늘의 나를 돌아보기에도 혼자 여유 있게 걷는 것만한 방법이 없다.

예쁜 벚꽃이 피어나는 봄에는 근처 공원이나 산책로를 걸어보자. 꽃들을 바라보며 아름다움을 감상할 수 있는 여유가 있는 나를 깨닫고서 놀랄 것이다. '나에게 아직까지 감성이라는 것이 남아 있었구나.' 강렬한 햇볕이 내리쬐는 여름에는 핸디형 선풍기와 생수 한 병을 들고서 걷는 것도 좋다. 물론 걷다가 적당한 타이밍에 쉬어도 좋다. '여름에 더워 죽겠는데 뭘 자꾸 걸으라는 거야.' 분명 이렇게 물어볼 것이다. '다이어트에 직방이에요. 그리고 여름에야말로 살아 있음에 감사하게 되는 느낌이 들어요.'

그렇다면 가을에는? 산으로 들로 가보기를 권한다. (가을은 독서의 계절이니 독서하라고 권하시는 게 맞지 않나요? 이렇게 묻지 마세요. 솔직히 날 좋으니 다들 산으로 들로 놀러가느라 바빠서 워낙 독서를 안 하시니 독서의 계절이라는 말이 생겼다는 음모론도 있으니까요.) 알록달록 색깔이 바뀌어가는 자연의 모습에 감탄을 멈추지 못할 것이다. 능선을 따라 변해가는 색깔의 아름다움. 점점 노랑으로 물들어가는 황금 들판의 풍요로움. 겨울? 내리는 눈을 서걱서걱 밟는 기분, ASMR이 따로 없다. 추위를 이겨내느라 앙꼬 잔뜩 들어 있는 찐빵 하나 들고서 호호 거리며 한입 베어 무는 즐거움을 충분히 느껴볼 수 있을 것이다.


걷다 보면 비로소 보이는 것들이 있다. 앞만 보고 걷는 것이 아니라 옆도 보고 가끔씩 뒤도 보고 걷기 때문이다. 내가 몰랐던 무엇인가를 나도 모르게 만나게 되는 우연과 설렘, 그리고 놀라움이 걷기라는 행위에는 고스란히 담겨 있다.

취미를 갖는 것이 부담스럽다면 걷는 것부터 시작해보라고 이야기하고 싶다. '걷는 게 무슨 취미예요? 사람은 매일 걷는데요.' '제대로 걸어보세요. 걸으면서 감성도 찾고, 설렘도 느끼고, 하루를 정리하는 여유도 가져보는 거예요. 그것이 재미있어지면 그것이야말로 취미가 아닐까요?'

조선 중기의 명의 허준이 《동의보감》에 이런 말을 남겼다. '약으로 고치는 것보다는 음식으로 고치는 것이 낫고, 음식으로 고치는 것보다는 걸어서 고치는 것이 낫다.' 뇌 기능 활성화에도 도움이 되어 치매도 예방한다고 하니 지금 당장 힘차게 일어나서 열심히 걷자. 스마트폰에 만보기 어플을 까는 수고로움까지 더한다면 금상첨화다.

## 15 쇼핑

■ 정신 활동　□ 육체 활동

난이도 ★★☆☆☆

가성비 ★☆☆☆☆

만족도 ★★★★★

한줄평 소확행에서 출발, 텅장으로 퇴장

소확행. 최근까지 대한민국을 휩쓴 단어다. '소소하지만 확실한 행복.' 덴마크의 '휘게'hygge, 스웨덴의 '라곰'lagom, 프랑스의 '오캄'au calme과 비슷한 의미. 실제로는 일본의 소설가 무라카미 하루키가 1986년에 집필한 에세이 〈랑겔한스섬의 오후〉에 등장하는 표현이다. 갓 구운 빵을 손으로 찢어 먹을 때, 서랍 안에 반듯하게 정리되어 있는 속옷을 볼 때, 새로 산 정결한 면 냄새가 풍기는 하얀 셔츠를 막 입을 때 느끼는 행복과 같이 일상에서 소소하게 느끼는 작은 즐거움을 의미

한다.

너무 큰 행복을 찾아서 시간과 에너지, 돈 낭비하지 말고 작은 데서 큰 기쁨을 찾자고 하는 좋은 의미처럼 들리지만 한편으로는 그만큼 큰 행복을 누릴 수 있는 여유와 가치가 사라진 오늘날, 작은 행복이나마 만족해야 하는 어두운 현실을 이야기하는 것 같기도 하여 이 단어를 마주할 때마다 씁쓸해진다. 왠지 쌉싸름하지만 자꾸 손이 가게 되는 아메리카노가 아닌 쓰디쓴 에스프레소를 원샷 하는 느낌. 목구멍을 타고 넘어갈 때 느껴지는 강렬함에 할 말을 잃게 만드는 기분이라고나 할까. 하지만 그 에스프레소는 유독 중독성이 강해서 내가 원하든 원치 않든 자꾸 찾게 된다. 소확행이 그러한 가치로 다가오는 것은 왜일까.


최근에는 유행어 만들기 좋아하는 이 땅에서 소확행의 의미가 바뀌었다. '소비는 확실한 행복'이라고 한다. 결국 자본주의적인 가치로 돌아가는 것이란 말인가 싶어 다시금 알싸해진다. 하지만 조금이라도 지혜롭게, 가치 있게 소비하는 것에 대해 고민해보면 되지 않을까.

나는 옷을 살 때 사실 중고 제품을 자주 구입한다. 나라에 경제위기가 왔을 때 한창 유행이던 아나바다 운동은 아니지만 온라인 중고 사이트뿐 아니라 서울 시내 곳곳에서 펼쳐지는 플리마켓들을 잘만 뒤져보면 명품 득템은 따놓은 보석이다. 특히나 저렴이로 말이다. 유명 스타일리스트들이나 모델들이 참가하고 브랜드와 함께 어우러지는 플리마켓은 요즘 새로운 힙한 놀이문화라 해도 과언이 아니다.

셀러로 활동하는 이들은 패셔니스타들이 많다. 자신에게 굳이 필요 없기에 집에만 처박아둘 수 없는 물건들을 가지고 나오는데 같은 일을 하는 사람들과 만나서 안부도 묻고 패션의 흐름도 서로 나눈다. 맥주를 마시기도 하고 가끔씩 바비큐 파티가 열리기도 하니 플리마켓인지 파티인지 혼란스러울 정도다. 그것도 백주대낮 서울 한복판에서 말이다.

내가 너무나 좋아하는 브리티시 스포티 패션 아이템인저지 제품들은 2~3만 원이면 아디다스 오리지널스 제품으로 득템 가능하다. 조금은 우악스럽게 다른 고객들을 좀 밀쳐내기도 한다. 좋은 제품 싸게 구하려면 미리 빳빳한 현금을 10만 원에서 15만 원 정도 준비해야 한다. 둘러보다 보면 의외의 명품들이 중고 주제에 고개를 빳빳하게 들고서 새로운 주인을 만나려고 서로 뽐내기도 한다.

얼마 전에는 구찌 셔츠를 무려 5만 원에 구입했다. 만세, 만세, 대한독립 만세. 셀러로 나오신 분이 이렇게 이야기하셨다. "이럴 때 싸게 명품 사는 거죠. 백화점에서 비싸게 사면 아까워서 잘 입지도 못해요. 저렴하게 사서 기분 좋게 입어야 명품 값어치 하는 거잖아요. 잘 샀어요. 정말로."

컬러풀한 폴 스미스 미니카 클러치는 5만 원, 불가리 향수 2만 원, 디스퀘어드 청바지 5만 원 이렇게 구입하면서 2만 원 깎기도 했다. "여러 개 사니까 깎아주세요. 다음번에 또 SNS 보고 잊지 않고 올게요." "그래요, 뭐. 어차피 난 필요도 없는 건데. 기분 좋게 여러 개 사니 나도 앗쌀하게 깎아드려야지요."

나는 2019년판 소확행을 제대로 즐기고 있다. '소비는 확실한 행복'이 아니던가. 제대로 즐길 줄 알아야 핵인싸지.

## 당신의 소확행은 무엇입니까

그렇다고 나의 행복 소비가 플리마켓에서만 이루어지는 것은 아니다. 스마트폰, 평소에 줄기차게 들여다보지만 한편으로는 죄책감 속에서 잠시라도 내려놓아야 한다고 두 번 세번 다짐하는 필요악의 대표 아이콘, 바로 스마트폰. 그 속에는 쇼핑의 천국이 꿈틀꿈틀 펼쳐진다. 김밥만 천국에 다녀오는 것이 아니다. 어플을 깔면 할인쿠폰이 더 쏟아지니 1단계 천국이요, 공동구매는 기본적으로 싸게 판매하니 2단계 천국이다. 곧 쇼핑의 신을 만나게 될 3단계 천국은 역시나 폭탄세일, 반짝세일, 990원세일, 1원세일. 쇼핑의 신을 영접하는 마음으로 다양한 쇼핑 판타지에 빠져 허우적거릴 수밖에 없다.

하지만 이때부터 정신 차려야 한다. 조금은 맨 정신으로 돌아와야 알뜰해질 수 있다. 저렴한 비행기 티켓은 타임세일을 노리는 것이 좋다. 가끔씩 서버가 다운된다 할지라도 미리미리 알람 켜놓고 준비해야 한다. 광클릭질은 필수다. 매크로를 돌릴 만큼의 불법을 저지르고 싶지 않지만 워낙에 티케팅이 잘 안 되기에 욕심마저 불끈불끈 오른다. 오늘은 국내선과 동북아 노선이었으니 내일을 기다려본다. 조금 더 먼 거리, 동남아와 괌, 발리 정도까지 티켓은 그나마 조금 더 여유는 있다.

물론 무조건 사지는 않는다. 그렇게 샀다가는 통장이 텅 장 되는 것은 시간문제일 터. 다만 그러한 쇼핑의 과정을 즐기는 데 만족하는 경향이 많다. 오히려 빨리 매진되어주는 것에 감사함을 느낀다. 물리적으로 살 수 없으니 아쉽지만 마음을 접을 수 있기 때문이다. 가끔은 결제까지 마쳐놓고 물 한잔 마시고서 심신을 잠시 안정시킨 다음 결제 취소를 누르곤 한다. 굳이 내게 필요 없는 제품이라는 확신이 들었기 때문이다.

요즘에는 크라우드 펀딩을 통해 구입하기도 한다. 반짝이는 아이디어로 무장한 스타트업 제품들은 슈퍼얼리버드, 울트라얼리버드 등과 같은 매진임박급 단어들을 통해 소비자의 지갑을 연다. 아니다, 지금은 지갑이 아니라 카드번호겠지. 하지만 크라우드 펀딩의 초강점은 펀딩 마감 기간이 있기 때문에 그 사이에 마음이 바뀌면 취소할 수 있다는 점이다.

더불어 택배가 오기까지 기다리는 그 심정, 연애 중에 연인이 오기만을 기다리는 그 심정과 비슷한 설렘과 떨림이 몇 날 며칠 이어진다. 물론 제품 생산에 차질이 생겨 일정이 다시금 딜레이되면 제품이 오는 것조차 기억나지 않다가 어느 날 갑자기 도착한 제품에 심쿵하는 상황이 연속으로 펼쳐진다.


이외에도 여러 가지 소소한 탕진잼을 노릴 수 있는 방법은 많다. 물론 가장 중요한 것은 내게 정말 필요한 것인지를 고민해봐야 한다는 것이다. 나풀거리는 실크셔츠가 아무리 예뻐도, 트로피컬 프룻 향으로 이성의 눈빛을 당장 앗아버릴 것만 같은 향수가 세일 품목으로 올라와도, 몸이 가벼워져 매일 폴짝폴짝 날아다닐 수 있게 해줄 것만 같은 다이어트 제품이 등장해도 마음 단단히 먹고서 매의 눈으로 바라봐야 할 것이다. 그래야 소소한 행복 뒤에 숨겨진 패가망신의 늪으로 다가가지 않을 테니 말이다.

어떨 때는 통장에 잔고가 적어서 마음이 편할 때도 있다. 돈이 별로 없으니 굳이 뭘 사겠다고 애쓸 필요가 없으니 말이다. 더불어 카드는 한도를 최소한으로 낮춰놓으면 마음이 조금 편해진다. 물론 카드 승인 거절이 떨어지면 카드사에서 귀신같이 전화를 걸어 한도를 올려주겠다며 다시금 유혹의 소나타를 들려주니 역시나 마음 단단히 먹어야 한다.

신개념 소확행을 통해 삶을 조금이라도 더 재미있게 영위할 권리가 우리에게는 있다. 소비는 권리이자 의무다. 돈이 잘 돌아야 경제가 탄탄해지고 나라가 부국의 길로 나아갈 수 있지 않을까 하며 변명하려는 거 보니 또 뭔가 사고 싶어지는가 보다. 다시금 맨 정신 제대로 장전해서 쇼핑의 세상으로 뛰어들어보련다. 사고 싶은 것만 생각하지 말고 사지 않아도 된다는 신념을 꿋꿋하게 지켜나가면서 말이다.

## 16 가야금

☐ 정신 활동 ■ 육체 활동

난이도 ★★★★★
가성비 ★★★☆☆
만족도 ★★★☆☆

한줄평 우리 것도 엣지 있다

1992년 어느 제약회사 CF에서 판소리 도중 "우리 것은 소중한 것이여"라는 말이 낭창하게 뻗어 나왔다. 정말 시원하게 내지르던 국악인의 모습과 함께 신토불이 정신을 유난히 소중하게 여기는 국민정서가 어우러져 수십 년이 지난 아직까지도 입에 맴돌고, 귀에 머무는 광고 카피로 남아 있다.

서양문물만 좋아하는 젊은이들의 외면 때문에 우리의 소중한 유산들이 사라지고 있다며 안타까워하는 목소리가 여기저기서 터져 나온 것은 어제오늘의 일이 아니다. 차보다는 커피를 보통 마시는 것만 보더라도 충분히 이해할 만하다. 하지만 무작정 그것이 잘못되었다고 할 수는 없다. 분명 세대가 바뀌고, 세계적인 흐름이 거기에 맞게 흘러가고 있으니 대세를 따르는 것은 어쩔 수 없는 법이다. 그렇지만 우리의 것들도 아끼고 더욱 사랑해야 할 필요가 있지 않을까, 하는 생각이다.

요즘 경복궁을 시작으로 안국동, 북촌, 서촌 일대는 한복 대여 서비스가 유행이라고 한다. 평소에는 쉽게 입을 수 없는 한복을 가지런히 입고서 전통의 색깔이 물씬 풍기는 거리를 차분하게 걸어보는 것이다. 조선시대 분위기의 의상도 있지만, 모단뽀이, 모단걸 분위기 물씬 풍기는 의상을 입고 다니는 젊은이들도 심심치 않게 보인다. 어르신들이 아닌 젊은이들에게 유산을 즐기는 문화로 자리 잡고 있는 것이다. 충분히 현대적인 가치와 접목시키다 보면 젊은이들에게도 억지로가 아니라 자연스럽게 문화를 물려줄 수 있지 않을까, 하는 생각마저 든다.

물론 요즘 그 의상들이 고증을 제대로 거치지 않았다며 비판하는 목소리도 있지만, 개인적으로는 그러한 비판이 있다 하더라도 이러한 문화가 계속 이어져서 받아들이고 수정 개선하는 방향으로 나아가야 하지 않을까 싶기도 하다. 전혀 모르는 것보다는 조금 아쉬운 부분을 깨우치고서 고쳐나가는 것이 맞을 테니 말이다.

여하튼 그러한 경복궁 일대를 거닐다보면 종종 전통찻집에서 가야금 소리가 묘하게 들려온다. 하늘거리는 봉황의 깃털로 가슴팍을 여리게 쓸어내리듯 감칠맛 나는 멜로디이다. 잔음이 여운 짙게 남는 현악기여서인지 구슬프기도 하고 버림받은 사랑의 아픔을 애달프게 표현해내는 것 같기도 하다. 그렇게 골목이나 길을 걷다 보면 조선왕조 오백년 그 당시로 타임머신 타고 돌아가는 것만 같다.

그러한 묘하면서도 강렬한 끌림과 친구와의 내기 덕분에 그 동네에서 가야금을 시작했다. 다행히 회사가 근처였기에 점심식사를 하지 않기로 하고 수업을 듣고는 했다. 총 열두 줄. 가야금에는 파와 시 음이 없다. 현을 눌러서 그러한 음들을 만들어내야 한다. 그러다 보니 음이 약간 틀리게 느껴질 수도 있다. (물론 내가 못해서 그랬던 것이겠지만.)

기러기발을 뜻하는 열두 개의 '안족', 그 위에 명주실을 꼬아 만든 열두 줄을 얹는다. 오른손 손가락으로는 뜯고 퉁기고, 왼손 손가락으로는 줄을 누르거나 떨어서 꺾는 음인 '퇴성', 미는 음인 '추성', 떠는 음인 '요성'을 만들어내는데

'농현'이라는 표현이 여기서 나온다. '현을 희롱한다.' 서양음악처럼 정확한 음을 찾아가기보다는 음과 음 사이의 '여음'들을 더욱 가치 있게 끌어내는 방식이라고 나는 생각했다.

## 우리의 아이덴티티

우리는 한이 많은 민족이라고 한다. 그래서일까. 음악도 그러한 감수성을 품고 있다. 밝고 경쾌한 리듬 뒤에 숨어서 아픔을 드리워낸다. 가야금뿐만 아니라 많은 악기들이 그러하다. 가야금 위에 처음 손을 얹었을 때가 기억난다. '저 줄을 뜯고 튕기다 보면 분명 손이 엉망진창이 될 거야.' 물론 그랬다. 생살에 두꺼운 명주줄을 비비듯 뜯고 튕겨야 하니 그럴 수밖에 없었다.

하지만 왠지 가야금을 연주할 때는 내가 장인이 된 것만 같았다. 황병기 선생님으로 빙의한 듯한 자부심과 으쓱함이 당당하게 드러났다. 역시 뭐든지 처음 배울 때는 재미있다. 신기하기도 하고 내가 하지 못했던 것을 하고 있다는 설렘과 기대감이 교차한다. 주위에 자랑도 실컷해본다. "나, 요새 가야금 배워." "세상에나, 이제는 하다하다 선녀와 나무꾼까지 찍으려고?" "그건 아닌데, 그냥 재미있을 거 같아서. 우연히 안국동 쪽을 지나다 알게 되었지. 물론 인터넷으로 열심히 검색도 하고.” “나중에 함 연주해봐라. 술 마시면서 들어야 하냐. 근데 가야금은 여자가 하지 않니? 남자는 그 무슨 악기냐. 그거, 그거.”

보통 가야금을 배운다고 하면 반응은 이러하다. 정말 너무나도 일반적인 편견이다. 신기하다는 반응과 함께 뭐 그리 쓸데없는 걸 배우냐는 식의 비아냥거림. 더불어 남녀를 구분해서 던지는 성차별적 발언까지 우리 악기에 대한 미천한 지식을 드러낸다. 그렇다고 거문고라는 악기를 잘 아는 것도 아니다.

내가 무엇인가를 배우는 데 왜 그리도 감 놔라, 배 놔라 참견이 많은지 머리가 띵하다. 그냥 내가 배우고 싶어서 배우는 것인데 말이다. 그러면서 술 마실 때 연주하라고 말하다니 이런 세상 저질스러운 녀석들을 친구라고 뒀다니 말이다. 정말 어디 교육 좀 보내야겠다 싶을 때가 한두 번이 아니다. 물론 어릴 적부터 배워온 교육의 문제점이 이렇게 드러난다는 생각은 충분히 든다. 무엇이 잘못된 것이고 틀린 것인지를 잘 모르는 것 자체가 문제가 아닐까 싶다.

여하튼.

가야금에 손끝을 올릴 때는 호흡마저 정갈해진다. 가끔은 하얀 명주옷을 차분하게 입고서 연주하는 듯하고, 어느 날은 비단옷을 화려하게 감싼 채 나라님 앞에서 연주하는 듯한 착각이 들기도 한다. 음표가 그려져 있는 오선지 악보를 보지만 음의 길이가 반드시 중요한 것은 아니다. 마음이 이끄는 대로, 영혼이 안내하는 대로, 내 호흡이 따라가는 대로 흐르는 음악이 바로 우리 전통음악이다.

그러다 보니 세상 힐링 다 갖추고 있는 것만 같다. 소리가 복잡하게 엉키지 않으니 차분하게 다가갈 수 있다. 두통이 심한 사람에게는 펜잘이나 게보린 못지않은, 아니 그 이상의 도움이 될 것만 같다. 사실 처음에는 경기민요와 함께 산조들을 배웠다. 그러던 어느 날 우리나라 가야금을 대표하는 거목인 황병기 선생님이 직접 작곡하신 곡들을 접할 기회가 있었다. 일명 '침향무.'

법학을 전공했던 분이 6·25 피란이라는 절망과 혼란 속에서 어느 고전무용연구소의 가야금 소리에 이끌려 법대 졸업 후 음대 강사로 커리어를 시작하셨고 전통음악에 새로운 연주 기법을 더 얹어 가야금을 더욱 대중화하는 데 힘쓰신 그 열정을 존경하지 않을 수 없다. 그러한 가치와 노력을 담아냈으면서도 그분의 대표적인 곡인지라 정말 한 땀 한 땀 우리 장인의 심정으로 연습을 하고 곡들을 감상했다.

사실 취미를 즐기는 과정은 크게 다르지 않다. 수업 듣고, 연습하고, 수업 듣고, 연습하고…. 물론 연습을 얼마나 하느냐의 차이일 뿐일 것이다. 그렇다고 해서 내가 황병기 선생님이 될 것도 아니고. 굳어 그렇게까지 피를 토하고 열병으로 쓰러지는 열정까지 끌어올릴 일도 없을 것만 같고. 그런데 악기를, 그것도 전통악기를 연주하다 보니 이러한 생각이 매번 습관처럼 떠올랐다. '나 아니더라도 다른 사람들이 이 악기들을 배웠으면 좋겠다.'

연주해보고 접해보면 참 좋은데 다들 잘 모르니까 다른 악기들을 배우러 가는 것은 아닐까 싶다. 참 좋은데, 영혼에 참 좋은데, 소개할 방법이 없네. 그런데 가끔씩 가야금이나 해금을 배우러 오는 외국인들이 눈에 띄게 많았다. 한국인들보다 파란 눈의 그들이 오히려 우리 악기에 관심을 갖고 있었다. 연습도 정말 열심이었다. 한국말도 잘했다. 주위 분들에게 물어보기도 하고, 함께 연습하기도 하고 그러면서 악기를 익혀가고 문화를 경험하고 있었다.

또한 가야금은 이상하게, 아니 당연하게 남녀차별을 없애주는 악기인 듯싶다. 굳이 이분법적인 사고로 '남자가 배

우는 악기지, 여자가 배우는 악기지' 하는 구시대적이면서도
바보 같은 발상을 하지 않게 이끌어주는 악기이기도 하다.
남자의 파워로 애절한 감성을 표현할 때 더욱 구슬프게 들리
기 때문이다. '상처받은 못난 남자의 마음은 얼마나 찢어지
는지 아는 것이더냐'라고 외치는 이도령의 목소리가 들리는
듯하다.

    아, 그러고 보니 가야금을 배우면서 가문의 영광으로 길
이 남을 만한 일이 있었다. 바로 국립국악원 우면당에서의
공연. 단 한 곡에 참여하였지만 그것이 어디더냐. 정말 색다
른 경험이었다. 건너편에 있는 오페라극장에서는 수없이 공
연하였는데 또 다른 분야인 전통음악을 통해 국립국악원 무
대에 설 수 있다니. 가문의 영광 2탄, 3탄까지 계속 이어지
듯 즐거움을 마음껏 누렸던 것이다.


    원래 이 글의 한줄평은 '우리 것이 왜 소중한 것이여?'였
다. 왜 소중하냐고? 우리의 아이덴티티이기 때문이다. 국가
구성의 역사가 짧은 나라들이 역사가 오래도록 장중한 국가
들을 그렇게나 부러워하는 데는 다 이유가 있지 않을까. 더
불어 변화와 변형으로 이어지고 있지만 젊은이들이 우리 문
화를 시나브로 접하는 것만으로도 참으로 긍정적이고 다행

이다 싶다. 그리고 한마디 더 덧붙이고 싶다. "우리 전통악기 배워보세요. 생각 이상으로 소리도 아름답고 마음도 평안해져요. 가야금이든, 거문고든, 해금이든, 대금이든, 아쟁이든 상관없어요. 소리의 깊이가 무엇인지, 내가 누구인지를 조금이나마 느낄 수 있답니다."

## 17 발레

☐ 정신 활동　■ 육체 활동

난이도 ★★★★★
가성비 ★★★★☆
만족도 ★★★☆☆

한줄평 백조의 오수는 아니에요

　〈빌리 엘리어트〉, 남성 버전 〈백조의 호수〉, 미하일 바르시니코프와 영화 〈백야〉, 바슬라프 니진스키…. 손끝으로 전해지는 우아함과 고귀함이 발끝으로까지 이어지는 무용인 발레. 2001년 발레리나 강수진의 상처투성이 발이 공개된 이후 발레는 대중에게 조금은 더 가까이 다가왔다. 하지만 제아무리 발레리나가 아닌 발레리노의 발이 공개되더라도 남성과는 거리가 먼 무용이라는 편견이 존재한다. TV 프로그램에서는 여전히 여성 공연의상인 튀튀를 입은 남자의 모습이 희화화되고 있으니까.

그래서 발레를 배운다는 것은 커다란 도전이었다. 현대무용이나 재즈댄스가 아니라 발레이다. 다시 한 번 말하지만 바로 발레이다. 물론 현대무용과 재즈댄스는 꽤나 오랜 시간 레슨을 받아왔다. 파워풀한 안무와 동작을 통해 스트레스는 끝도 없이 해소되었고, 어느 날 뮤지컬배우가 되어야겠다고 다짐했던 이유 중 하나도 재즈댄스와 현대무용이었다.

그런데 몸의 기초부터 쓸 줄 알아야겠다는 생각이 들었다. 재즈댄스 수업에는 그나마 나 외에 남자 수강생은 한 명 더 있었다. 그에게 물었다. "나 발레도 좀 배워야 할 거 같아요. 내 몸에 조금이라도 더 귀를 기울일 수 있었으면 하는 생각이 들거든요." "좋네요. 저도 같이 배워보고 싶어요. 어차피 춤의 기본은 발레라고 하잖아요. 조금은 쑥스럽겠지만 그래도 이왕 배우는 거 제대로 배워보고 싶어요."


현대무용과 재즈댄스는 6~7년 가까이 배웠던 거 같은데 그 기간 중 발레는 약 3년간 레슨을 받았던 것 같다. 아라베스크arabesque, 발롱ballon, 포인point, 플렉스flex, 쁠리에plie 등 용어만으로도 우아하게 느껴지는 발레를 차근차근 배워나갔다. 세상 기품 있는 왕자 못지않게 움직임은 나풀나풀 가벼

워졌고, 몸 관절의 움직임이 세세하게 느껴졌다. 그런데 여전히 무용과 관계없는 친구들은 편견과 질타의 시선으로 나를 평가하고 있었다.

"여자도 아니고, 무슨 그런 운동을 하냐. 남자는 자고로 농구나 축구 이런 거 해야지." "그러게 말이다. 발레라니. 사실 재즈댄스 이런 것도 좀 그래. 배꼽티 이런 거 입고 춤 추냐?" "춤바람 나고 뭐 그런 거 아냐? 춤은 막춤이 최고지." 굳이 듣지 않아도 되는 말들을 들어야 하니 생각 이상으로 피곤했다. 또다시 말하지만 내가 발레 배우는 데 레슨비 보태주는 것도 아니고, 열심히 하라고 밥 한번 사주는 것도 아니면서 말들이 많았다. 서서히 거리를 두게 되었다. 적당한 거리를 넘어서 조금 더 멀어져버린 거리. 그게 편했다. 내가 하고 싶은 것이 있는데 괜한 이야기를 들어가면서까지 스트레스 받고 싶지는 않았다.

발끝을 움직이고 손끝을 엮어내는데 너무 좋았다. 바에 다리를 올리고 자세를 교정하는 것마냥 움직임을 이어갈 때는 내가 〈백조의 호수〉 속 주인공이 된 듯했다. 가슴이 더욱 펴졌고, 다리는 오다리를 비켜갔다. 다행이다. 손끝은 투박하지 않고 여유가 있어졌고, 친구들은 약간 웃기다고 했지만 걸음걸이는 나름 도도해졌다. 호흡으로 걸으니 무릎 관절이

손상될 일도 없었을 터. 그렇게 내 몸은 무용수에 맞춰져 가고 있었다.

### "춤을 출 때면 몸에 전기가 일어나는 것 같아요"

어느 날 제안이 들어왔다. 크지 않은 공연이기는 했지만 발레 공연에 무용수로 함께해보지 않겠냐고. "제가요? 아직 발레 한 지 그리 오래되지도 않았는데요." "남자무용수들은 조금 더 장점이 있기는 해요. 여자무용수들을 조금 더 빛나게 해주는 조연이기는 하지만 파워 있는 모습을 보여줘야 하거든요. 조심스럽게 부탁드려봅니다." "그런가요. 그래도 제가 할 만하다고 생각하셨던 거겠죠? 한번 해볼게요."

정말 쉼 없이 특훈이 이어졌다. 몸을 푸는 데 한 시간, 연습은 기본 두세 시간씩 이어지고, 다시금 몸을 정리하는 데 한 시간. 하루에 최소 네다섯 시간씩 이어졌다. 공연을 몇 주 남겨두고는 거의 여덟 시간씩 온몸을 혹사해가며 연습을 해야 했다. 점프를 하고 무대를 날아야 하니 먹는 것도 많이 먹지 못했다. 늘 허기져 있는데 먹지는 못하니 그 이후 가끔 그런 생각을 해본다. '운동이든 무용이든 몸을 많이 쓰는 일은 역시나 잘 먹으면서 하는 걸로 해야 해. 잘 먹고 골병드

는 게 낫지 그나마. 못 먹고 골병들면 얼마나 억울하겠어.'

공연은 무사히 끝났다. 뒤풀이는 역대급 폭식으로 이어졌다. 그날 하루만큼이야 뭘 해도 용서가 되는 날이었으리라. 가끔씩 당시 사진들을 꺼내어본다. 그때만 해도 참 날씬하고 갸름했는데 하며 피식 웃기도 하고, 아무리 뮤지컬배우로 살았다지만 발레 공연을 해보다니, 하는 여러 가지 감정이 좌우교차로 이어진다.


공연 이후로도 발레는 계속 이어졌다. 발레는 복잡한 내 삶의 고민까지 올곧게 잡아주는 것만 같다. 하나, 둘, 셋, 넷… 카운트에 맞추어 무릎을 구부리고, 손끝을 동그랗게 오므리며, 고개를 빳빳하게 들어올린다. 다섯, 여섯, 일곱, 여덟… 다시 앞서 했던 동작들이 역순으로 이어진다. 나의 하루 중 가장 우아했던 시간이다. 내가 귀족이나 왕족이 된 것마냥.

어느 날 연습용 발레슈즈가 닳아버렸다. 연습을 많이 했던 탓이겠지. 새하얗던 슈즈가 너덜너덜하면서 군데군데 꽤나 새까맣게 변해 있었다. 그런데 선뜻 버릴 수가 없었다. 땀에 젖다 못해 절어 있었을 텐데도 휴지통에 냅다 버리지 못했다. 오랫동안 엮어온 인연을 단칼에 베어버릴 수 없는 것과 같은 느낌이었다.

　누군가에게는 지저분해서 가까이 하기 싫은 발레슈즈겠지만, 나에게는 사연이 담겨 있는 고마웠던 발레슈즈였다. 아쉬운 마음에 하루만 더 함께하고 싶었다. 낡아버린 지저분한 발레슈즈를 신고서 바를 잡았다. 기본자세들이 이어지고, 점프를 하고, 응용동작들을 계속했다. 발바닥이 아파왔지만 그래도 오늘 하루만 버티면 된다는 생각과 버텨준 고마움을 담아 버렸다.

　오늘의 레슨이 끝났다. 긴 시간 함께했던 발레슈즈를 아쉬운 마음과 함께 버렸다. 새로운 발레슈즈를 신을 내일부터는 새로운 마음가짐으로 몸을 써야겠다. 발레는 그냥 무용이 아니다. 내 몸을 사랑하게 하고, 내 몸의 움직임에 귀 기울이게 하며, 내 몸을 가치 있게 만드는 무용이다.


　이제는 발레를 직접 몸으로 느끼지 못한다. 아니 그러지 않는다는 표현이 더 정확할 것이다. 대신 공연들을 통해 그러한 희열과 기쁨을 떠올려본다. 매년 관람하는 〈호두까기 인형〉, 〈백조의 호수〉, 〈지젤〉, 〈잠자는 숲속의 미녀〉 등은 나에게 새롭고도 신선한 공기를 공급하는 것만 같다. 관람만으로도 더없이 행복해질 수 있었다. 그렇게 발레는 여전히 나의 주위를 맴돌고, 나의 영혼과 함께하며, 나와 함께 살아 간다.

영화 〈빌리 엘리어트〉에서 빌리의 대사가 문득 떠오른 다. 로열발레스쿨의 인터뷰가 있던 날 극도로 긴장해서 실기 시험을 망쳤다고 생각한 빌리. 심사위원 중 한 명의 질문에 "춤을 출 때면 아무런 생각도 나지 않고 몸에 전기가 흐르는 것 같아요"라며 그 자리를 떠난다. 내가 그런 마음이었다. 빌리가 느꼈던 바로 그 마음.

## 18 동네 카페 탐방

■정신 활동　□육체 활동

난이도 ★☆☆☆☆

가성비 ★★★☆☆

만족도 ★★★★★

한줄평 Welcome to 카페 천국

　　문이 열리네요. 그대가 들어오죠. 첫 눈에 난 내 사람인 걸 알 것만 같은 운명적인 만남은 꼭 예쁜 카페에서 시작될 것만 같다. 드라마를 너무 많이 보다 보니 현실과 드라마 속 세상을 혼동하고 있는 걸까? 나만 쓰레기야?

　　카페는 이처럼 로맨틱하면서도 달달한 공간임에 틀림없다. 스타벅스, 커피빈, 투썸플레이스, 탐앤탐스, 엔제리너스 같은 프랜차이즈 카페보다는 소소한 동네 카페가 좋다. 느낌 적인 느낌, 아니면 달달한 감성을 느끼기에는…. 이 역시나 더없이 드라마적인 발상이겠지만 안락함과 포근함을 느끼려면 창가 자리를 양보할 순 없다. 왠지 비가 오거나, 눈이 내리거나, 간질거리는 햇살이 따스하게 내리쬐거나.

집에서 글을 끄적이거나, 책을 읽어야 하는데 집중이 잘되지 않을 때가 있다. 솔직히 그렇지 않은가. 귀차니즘이 우주 빅뱅처럼 대폭발하여 무릎이 다 닳아빠진 츄리닝 바지를 입는 둥 마는 둥 입고서 양치도 세수도 제대로 하지 않아 약간은 멍한 상태. 그런데 뭔가는 해야 한다는 죄책감이 들어 꾸역꾸역 하고는 있는데 내용이 눈을 통해 머리로 가는 건지 눈으로 들어가기는 하는 건지 싶은 그런 코마 상태.

그럴 때는 나 스스로 나를 토닥여본다. '카페 가서 책 읽어봐. 카페 가서 글 써봐. 분위기가 달라지면 책도 잘 읽힐 테고, 글도 잘 써질 거야.' 게으름이 계속 누적되어가는 와중에도 엄습해오는 죄책감. 휴, 결국 양치를 한다. 세수도 한다. 핏이 예쁜 청바지도 꺼내어 입고 심플하지만 디자인이 예쁜 셔츠도 입는다. 백팩에는 책 한 권을 넣고, 노트북을 넣고, 뭔가 잘할 수 있을 것만 같은 다짐까지 꾸역꾸역 집어넣고….

문을 열고 나가려는데 여섯 냥냥이가 우르르 달려온다. 가지 말라고. 같이 놀아달라고. 맛있는 간식 달라고. 미안한 마음을 겨우 억누르며 문을 여는데 중 가장 활발한 아이가 밖으로 뛰쳐나온다. 고양이는 영역 동물이라 멀리 가지도 못하고 우리 집은 7층이라 더욱이 어디 갈 수도 없는데 굳이 그렇게 밖으로 나와야 한다. 바깥세상은 호기심 천국인가보다. 그러다가 살짝 두리번거리고는 다시 들어간다. 문단속 끝.

　그나마 조금 일찍 부지런을 떨었다면 창가 자리에 앉을 수 있다. 그런데 왜 굳이 나는 이렇게 창가 자리에 집착하는 것일까? 혹시 나에게 고양이 같은 습성이 있어서 그런 걸까? 하루 종일 집에 있는 고양이에게는 창밖이 TV라는 이야기를 들은 적이 있다. 그냥 멍하니 사람 지나가는 모습을 보면서 아이디어를 떠올려보기도 하고, 창가에 앉아 노트북을 펼쳐놓고 글을 쓰거나 책을 읽고 있는 모습을 바깥의 누군가가 보고서 '우와, 분위기 있네' 하는 생각을 해주었으면 하는, 가끔씩 피어오르는 특유의 관종 마인드 때문에?

　사실 카페에서는 쉬고 싶은 마음이 크다. 단 몇 분이라도 멍 때리는 기분을 느끼고 싶은 마음이라고나 할까. 죄책감 때문에 노트북도 들고 가고, 책도 들고 가지만 솔직히 그냥 모든 것을 내려놓고 쉬고 싶다. 혹시 '집에서 쉬는 게 더 좋지 않나요?'라고 묻지는 말아주시기를. 집에서는 왠지 할 일이 산더미처럼 느껴질 때가 있다. 청소부터 빨래, 설거지, 방 정리, 거실 정리, 화장실 청소, 고양이 뒤치다꺼리 등등 등. 안락하고 편안한 내 집인데 어느 순간 쓰나미처럼 두려움이 휘몰아칠 때가 있기 때문이다.

### 카페 매너쯤은 기본이죠

현실 도피를 위해 동네 카페로 탈출한다. 부지런쟁이들은 청소와 정리를 통해 즐거움을 느끼겠지만 나는 그러질 못해서 우선은 피하고 봐야 한다. 정신 건강을 위해서라도. 동네 카페에서 틀어주는 음악은 그리 크지 않기 때문에 ASMR을 듣는 것처럼 졸릴 때가 많다. 그런 기분이 딱 좋다. 세상은 더없이 빠르게 달려가고 날아가는데 이곳에서의 시간은 나의 심장 박동수에 맞추어주듯 느긋하게 걸어간다. 가끔씩은 기어간다고나 할까.

공간이 주는 안락함도 있다. 인테리어가 전문가의 손길을 거쳤거나 아니더라도 뭔가 통일감 있게 정리되어 있으니 보는 맛을 넘어 감상하는 맛이 있다. 더불어 넉넉하면서도 푹신한 2인용 소파에 앉아 커다란 쿠션을 껴안고서 비스듬히 팔걸이에 기대어본다. 세상 그렇게 편할 수가 없다. 여기가 천국이오.

갈수록 프랜차이즈 카페에는 가지 않으려고 한다. 우선 특유의 번잡함이 싫다. 유명한 곳이다 보니 손님이 너무 많다. 음악도 너무 시끄럽다. 조용한 템포의 곡을 틀더라도 크게 틀어서인지 사운드에 맞춰 내 심장도 따라 쿵쾅거린다. 그런데 그런 와중에 노트북을 켜놓고서 열심히 작업을 하고 있는 분들을 보면 놀랍기만 하다. 강철 같은 저 집중력이라니. 물론 그들은 나와 다른 분들이라 뭐라 할 수 없겠지만 신기하다. 집중력 강화 훈련을 받으신 건가?

솔직히 나의 집중력은 너무나 비루해서 귀마개를 꽂지 않으면 도무지 되는 것이 없다. 작은 소리에도 계속 신경이 거기에 반응하기 때문에 귀마개의 도움이 없으면 아무것도 하지 못한다. 그러다 보니 프랜차이즈 카페는 나의 휴식과 힐링을 위한 도피처가 될 수가 없다.

다시금 동네 카페로 터벅터벅 걸어간다. 나만의 안식처, 도피처, 탈출구. 아무도 그곳을 몰랐으면 좋겠다. 돈을 벌어야 하는 사장님에게는 미안한 마음이지만 나만 알고 싶다. TV에 소개되는 일이 없었으면 좋겠다. SNS에 추천글도 올라가지 않았으면 좋겠다. 지나가다가 문득 예쁜 카페라며 마구마구 들어오지도 않았으면 좋겠다.

너무나도 이기적인 나라는 생각이 들지만 오직 나를 위해 행복한 이기주의자가 되고 싶다. 그런 마음으로 고즈넉한 동네 카페에 앉아 있고 싶다.

ps1. 혹시나 너무 오래 앉아 있다고 사장님이 살짝 눈치 주신다면 카페라테 한 잔 더 주문할게요. 그 정도 센스는 있습니다. 종종 온다고 굳이 친한 척하시는 것은 사양할게요. 아무것도 하고 싶지 않아서 이곳을 사랑하는 거니까요. (물론 카페라테 스몰 사이즈를 라지 사이즈로 업그레이드 해주시는 건 사양하지 않겠습니다.)

ps2. 오늘도 좀 오래 앉아 있다가 갈게요. 혹시 꾸벅꾸벅 졸지도 몰라요. 하지만 금방 깰 테니 너무 염려하지 않으셔도 됩니다. 무엇보다 여기에 예쁜 카페 오픈 해주셔서 감사해요. 힘들었던 하루, 도망치고 싶은 일주일이 이곳에서 스르륵 풀리는 거 같아요. 제가 조금 이기적으로도 보여도 카페를 사랑하니까 나쁜 고객으로 여기진 말아주세요.

## 19 방 어지르기

■ 정신 활동　☐ 육체 활동

난이도 ★★★★★

가성비 ★★☆☆☆

만족도 ★★★☆☆

한줄평 **마음껏 어지르고 원 없이 행복하기**

　내 속에 내가 너무도 많아. 왜냐하면 하고 싶은 것들이 너무 많으니까. 더불어 하기 싫은 것도 너무도 많아서리. 그러고 보면 인간은 수십만 개의 다중인격을 지닌 것이 아닌가 싶다. 요즘같이 사소하면서도 디테일한 것들을 존중하는 사회에서 그러한 주장은 충분히 설득력을 얻을 수 있을 것만 같다.

　M. 나이트 샤말란 감독의 〈23 아이덴티티〉를 보면서 주인공의 스물세 번째 인격이 드러나는 순간, 나는 주인공보

다 더 많은 인격을 갖고 있는 것은 아닌가 슬쩍 고민하기도 했다. 그중 가장 나답지 않아 보이는 것을 소개하려 한다. 이것도 취미의 범주에서 이야기할 수 있을지 고민했다. 주제가 너무 소소해서? 아니, 내가 너무 전문적으로 이렇게 하는 것만 같아서. (하하)

늘 깔끔하게 정리된 모습으로 생활하는 것처럼 보이는 나. 세련미까지 폴폴 풍길 것만 같은 나—지만 집에서 그렇지 못하다. 마음껏 어지르다 못해 마음껏 쌓아놓는 맥시멀리스트가 아닌가 싶다. 반성한다. 살고 있는 곳의 안과 밖에서 꽤나 다른 모습을 보이고 있으니 말이다. 하지만 어쩌겠는가, 이것도 나의 한 모습이니 나는 더없이 사랑한다.

무엇보다도 도서관 칸막이처럼 쌓여가는 책들을 어찌하지를 못한다. 읽으려고도 사지만 사려고도 산다. 가장 성스러운 지식 전달의 매체를 아름다우면서도 소장각 뿜뿜 뿜어내는 표지를 통해 유혹하는 출판사와 온라인 서점에 개탄을 금치 않을 수 없다. 또한 굿즈라니, 이렇게나 예쁜 굿즈라니. 지난달에 시크한 매력을 발산해서 내 백팩을 빛내줄 것만 같은 파우치를 5만 원 이상 도서 구입을 통해 손에 넣었건만 이번 달에는 다른 파우치다. 이런 된장.

독서용 램프도 왜 그렇게나 나를 설레게 하는지. 시중에서는 분명 1만 원대인 거 같은데 나는 또 바로 속아 넘어가서 5만 원대에 사버렸다. 이런 비효율적인 소비자여, 나를 저주한다. 어, 책은 덤으로 주는 것인가.

도대체가 책만 쌓여가는 게 아니라 굿즈도 참으로 다양한 모양으로 쌓여간다. 삼각형, 사각형, 오각형에 육각형에 이르기까지 다양한 형태의 설치 작품들이 아티스틱하게 만들어진다. 우리 집 육냥이 나르샤들이 바닥으로 무수히 떨어뜨리는데 쉽게 치울 엄두가 나질 않는다. 마르셀 뒤샹의 작품 '샘'보다 더욱 개념미술적이고도 창의적이다. (물론 이 노무 집구석이 사람 사는 곳이 아닌 정도는 아니다. 나도 집사로서, 사람으로서 최소한의 양심은 있으니까.)

중고 서점 없으면 이 책들 어찌 할지 엄두가 나지 않았을 것이다. 왠지 굿즈 받으려고 책 사고, 중고 서점에 팔려고 책 사는 것만 같다. 지극히 염세주의적인 관점으로써 말이다. 죽음을 향해 달려가기 위해 태어난 세상 모든 생명체들처럼. 너무 극단적인 의견이 아니기를 바랄 뿐.


어질러진 집의 모습을 떠올리니 글도 어지러워진다. 횡설수설 같기도 하고, 뒤죽박죽 같기도 하다. 나에게 미안하고, 야옹이들에게 미안하고, 내 집에 그냥 미안해진다. 어느 날 한번은 집을 청소해주시는 분이 오셔서 OMG를 외치신 적이 있다. 먼지가 문제가 아니다. 절대 그렇게 상상하지 마시기를. 책들을 어떻게 치워야 할지 모르겠다며 공간 재배치를 위해 지극히 아티스틱하면서도 실용적인 의견들을 내게 건네셨다. 뭘 해도 저보다는 나을 테니 전적으로 맡기겠습니다, 라는 말과 함께 조용히 뒤로 물러나 있었다. 변신에 변신을 거듭한 집은 나만의 러브하우스로 변해 있었다.

깔끔한 거실은 야옹이들이 마냥 뛰어놀아도 먼지 하나 묻을 것 같지 않게 변했으며, 내 방은 호텔이라고 하기에는 조금 부족하지만 여행객을 받기에 전혀 모자람이 없을 것만 같은 게스트하우스의 1인실로 탈바꿈해 있었다. 화장실은 또 어떠하리. 이곳은 확실히 3성급 호텔 화장실 정도는 되어 보였다. 나에게 화장실은 조금 특별하고도 의미를 품고 있는 곳인 만큼 깨끗하고 안락해야 했다. 그런데 딱 그러한 내 마음을 독심술로 마음껏 읽어내신 것마냥 그렇게 변신해 있는 화장실을 나에게 선물하신 것이다. 비용을 조금 더 얹어드렸다. 안 그랬다가는 내가 천하의 나쁜 소비자가 될 것만 같았다. 충분히 드려야했다.

## 헬로 정리정돈, 굿바이 어지르기

그런데 사실 내 마음속에서 최악의 상황에 닿기 전까지 나의 어지르기 병은 뭔가 질서와 공간감이 있다. 여기 아래에는 뭐가 놓여 있고, 저기 위에는 뭐가 올라가 있고, 이러한 공간적인 감각이 리듬을 타듯 머릿속에 차근차근 적립되어 있는 것이다. 그러니 SF영화 속 미래 도시의 구조를 확대해서 보는 것 못지않게 복잡하면서도 체계적이다. 아, 이런 변명을 굳이 늘어놓는 내가 싫지만 어쩔 수 없기도 하다.

어릴 적에는 엄한 엄마의 지도 아래 칼같이 정리하는 타의 모범생이었다. 각도도 1도의 오차를 허용하지 않았다. 엄마의 책상 검사가 있는 날은 왠지 거수경례하며 "옛썰"을 외쳐야 할 정도였다. 하기 싫은데 억지로 했던 것에 대한 반발심이자 부작용이었던 것일까. 혼자 살기 시작하면서 '굿바이 정리정돈'이 되어버린 것이다.

가끔씩 유튜브나 TV에서 나오는 저장강박 환자분들만큼은 절대로 아니니 두세 번 오해하지 말라고 다시금 당부하고 싶다. 그 정도는 아니다. 맹세할 수 있다. 그래도 이상하게 왜 어질러져 있을 때 가끔은, 아니 그보다는 조금 더 자주 마음에 안정이 찾아오고 뭔가 희열이 몰아쳐오는 것일까. 그리고는 누군가를 부르든, 내가 직접, 꾸역꾸역, 못 죽어하는 것마냥 치우기 시작한다.

정리정돈의 마법사, 곤마리 씨가 우리 집을 방문하면 어떠한 반응을 보일까. 이 정도는 별 것 아니라며 코웃음을 칠까, 아니면 역시나 OMG을 두 배로 외칠까. 나는 곤마리 씨의 두 손을 꼬옥 잡고 떠나보내야 하는 물건들을 어루만지며 펑펑 눈물을 흘릴까, 아니면 얼른 치워야겠다는 생각에 뒤도 돌아보지 않을까. 곤마리 씨가 물건들을 하나하나 꺼내며 이 물건은 설레나요, 라고 물었을 때 나는 그렇다고 해야 할까, 아니면 설레지 않으니 다 갖다버려도 괜찮다고 해야 할까.

마음껏 어질러져 있는 방마냥 내 머릿속도 엉망진창이다. 그런데 거기서 심심한 희열을 느낀다고 했으니 난 도대체 어떤 인간이란 말인가 싶다. 혹시 ~~나답게어?~~ 아, 솔직히 조금 더 정리하며 살아야겠다는 생각이 들기도 한다. 워낙에 미니멀리즘, 정리정돈, 굿바이 어지르기 등이 삶을 풍요롭게 만드는 제1공식인 것처럼 이야기하니 말이다. 그저 조금이라도 나의 마음을 이해해주었으면 좋겠다.

그렇게 잘 되지 않는 사람에게 자꾸 강요하는 것은 너무 힘들다. 잘하는 분에게 비용을 드리고 나는 잘하는 것을 더 잘해서 돈을 벌면 되지 않을까? 굳이 내가 못하는 것까지 효율성을 떨어뜨리면서까지 스트레스를 받으며 해야 할 필요가 있을까 싶다. 내가 잘하는 것은 내가 하고, 그분이 잘하는 것은 그분이 하고. 그래야 세상이 톱니바퀴 딱딱 맞게 떨어지는 시계처럼 잘 돌아가지 않을까.

괜히 취미인 척 꺼냈다가 반성에 반성만 거듭하며 고해성사만 해버린 모습이 되어버렸다. 그런데 왜 이렇게 조금은 부끄럽고도 민망하지.

V

---

딱히 돈은 안 드는

## 20 필사

■ 정신 활동　□ 육체 활동

| | |
|---|---|
| 난이도 | ★★★☆☆ |
| 가성비 | ★★★★★ |
| 만족도 | ★★★★☆ |

한줄평 글씨가 예쁘지는 않지만 사랑스러워

어린 시절, 엄마는 종종 나에게 공책과 연필을 갖고 와서 책상에 앉으라고 하셨다. 그리고는 글씨 쓰기 연습을 시키셨다. 공책에는 약간 흐릿하게 청색 줄들이 네모반듯하게 그어져 있었다. 그 칸을 넘지 않게 또박또박 글을 써야 했다. 가, 나, 다, 라, 마, 바, 사⋯. 국민학교(당시에는 초등학교가 아니라 국민학교였다)에 입학하기 전까지 예쁘게 글자를 써야만 했다.

"글자를 잘 써야 공부도 잘하게 되고, 선생님께서 칭찬도 많이 해주실 거야."

엄마는 그렇게 예쁜 글씨 쓰기에 대한 의무감과 책임감을 쥐어주셨다. 그런데 정말 글씨 쓰기 연습을 많이 했던 덕분일까. 꽤나 공부도 잘하고 선생님 칭찬도 많이 들었다. 공부를 잘해서 칭찬을 받았는지, 글씨를 잘 써서 칭찬을 받았는지는 모르겠다. 그래도 칭찬은 언제나 나를 춤추게 했다.

덩실덩실, 영차영차.


30년 하고도 몇 년이 지났다. 오늘도 집에 있는 아일랜드 식탁 앞에 앉았다. 책상은 이미 포기했다. 고양님들이 이미 자리를 차지하고 앉았는데 굳이 밀어낼 생각은 없다. 그곳에서 다들 옹기종기 모여 행복한 냥이의 삶, 즉 '고양이란 무엇인가?'에 대해 공부하려는 것일까. 물론 공부는커녕 낮잠만 늘어지게 자는 것일 테지만.

약간은 경건한 마음으로 노트를 펼쳤다. 요즘은 온라인 서점에서 책을 구입하면 형형색색의 시그니처 아이템급 노트들이 꼭 선물로 함께 온다. 가끔씩은 혼란스럽다. 노트를 구입했더니 책이 오는 건지, 책을 구입했는데 노트가 오는 건지. 주객이 전도된 느낌도 자주 든다.

여하튼.

노트를 펼쳤다. 살며시 볼펜을 쥐어들었다. 30여 년 전에는 연필이었는데 요즘은 볼펜이다. 물론 연필도 있다. 연필과 볼펜을 담아둔 검정색 가죽 필통도 있다. 형광펜도 들어 있고, 색연필도 들어 있다. 집에는 연필깎이도 있다. 이쯤 되면 손글씨, 아니 필사를 할 준비는 마쳤다고 본다.

볼펜으로 글을 쓸 건데 굳이 연필을 한번 집어 들어서 연필깎이로 깎기 시작했다. '사각사각, 사각사각, 사각사각.' '걸음걸이 빠르게'를 의미하는 안단테에 맞추어 한 바퀴, 두 바퀴, 세 바퀴… 계속 돌아가는 연필. 메트로놈 못지않게 일정하게 깎여나가는 소리가 더없이 리드미컬하다. 일정한 사운드로 심장을 간질거리는 듯한 느낌이 몰려온다. 호흡과 함께 여운을 남기는 연필 깎기 행위.

몇 자루 옆에 꺼내어 놓는다. 그리고는 처음 마음처럼 볼펜을 집어 든다. 무지노트를 펼쳤고 독서대에 펼쳐놓은 책도 유심히 바라본다. 한 글자 한 글자씩 써내려간다. 카페에 앉은 것이 아니고 집중하는 마음으로 글을 써내려가고 싶었다. 그래서 음악은 굳이 켜두지 않았다.


글씨 쓰기를 처음에 배울 때 예쁘게 쓰고픈 마음에 손에 힘을 꾹꾹 주면서 썼다. 그래서인지 그 버릇, 습관이 아직까지 남아 있다. 오랫동안 글씨 쓰는 것이 버겁다. 손에 경련이 올 만큼. 그렇다고 해서 손에 힘을 빼자니 성에 차지 않는다. 자고로 내가 쓰는 글씨는 내 마음에 들어야 한다. 오롯이 나 혼자서 하는 개인적인 행위가 아니던가.

조용필의 노래 가사처럼 기도하는 마음으로 글씨를 노트에 담는다. 요즘같이 빠르게, 디지털화, 정확성을 외치는 시대에 필사는 지극히 시대를 거스르는 행위임에 분명하다. 조금 더 냉소적인 관점에서 들여다보면 쓸데없는 짓이라는 것이다. 굳이 데이터화 되지 못하는 아날로그적인 소비문화의 한 단면일 수도 있다.

### 천천히 음미하는 한 글자, 두 글자, 그리고 세 글자

하지만 분명 인간의 감성은 그것과는 다르다. 한 명의 인간은 전 우주보다 복잡하다고 하지 않았던가. 어느 정도까지는 수치화하고 획일화할 수 있을지 몰라도 분명 한계에 도달할 수밖에 없는 인간의 감성은 자연스럽게 본능적으로 아날로그에 눈을 돌리게 된다. 조금 더 구체적으로 말하자면 어린 시절에 겪었던 아름다운 추억으로 회귀하고자 하는 본능이 누구에게나 있다는 것이다. 하루의 언어생활에서 단

10퍼센트 남짓이라고 알려진 글쓰기. 최근에는 컴퓨터나 스마트폰, 아니면 태블릿에 쓰는 경우가 많아지면서 손에 펜을 쥐고 쓰는 시간은 1퍼센트 겨우 되려나 싶다. 그만큼 시간이 들고, 에너지가 소비되더라도 간직하고 싶은 것들에 대한 그리움 같은 것이 있으니 그 1퍼센트마저 소중하다.

평균적으로 노트 반 페이지 정도 필사하면 손이 많이 아프다. 그런데 뭔가 뿌듯함과 함께 아련함이 몰려온다. '그래, 나 참 잘했어요' 하는 도장마저 노트에 꾸욱 찍어주고 싶다. 지극히 단순해 보여도 참으로 힐링이 되는 행위, 필사.

최근에 가끔 요청이 들어오는 강의는 글쓰기, 출판, 마흔 같은 키워드들이다. 하지만 언제나 빼놓지 않고 강조하는 것이 있다. 바로 필사이다. 필사는 느긋하게 마음을 들여다보는 것만 같다. 내 글씨를 바라보며 나의 마음도 보듬게 된다. 천천히 안단테 빠르기로 쓰게 되니 커피 한 잔의 여유와 같은 작은 쉼표도 생긴다.


머릿속이 복잡할 때 집 안에 다른 불은 끄고서 아일랜드 식탁에 있는 백열등만 켜고서 5분이든 10분이든 한 글자 한 글자 천천히 써내려간다. 회사 일도 아니고, 학교 숙제도 아니니 얼마만큼을 써도 상관없다. 나 스스로도 평가를 내리는 것이 아니므로 느긋해진다. 살가운 졸음마저 살며시 몰려온다.

그러고 보니 내 책으로 필사를 해본 적이 없다. 늘 다른 위대한 작가들의 글만 필사를 해왔다. 내가 쓴 글을 조금은 더 내밀한 시선으로 차분히 바라보고자 오늘부터라도 당장 내 책 필사를 시도해봐야겠다. 쓰다보면 비로소 보이는 것들이 있으리라. 숨을 쉬듯, 마음을 쓸어내리듯 써보련다. 하루에 단 몇 줄만 쓰더라도 편안한 마음으로 시작해보고자 한다.

## 21 유튜브 시청

■ 정신 활동 □ 육체 활동

난이도 ★☆☆☆☆

가성비 ★★★★★

만족도 ★★★★☆

한줄평 **유튜브는 진리입니다**


잠자리에 드는 것도, 아침에 눈을 뜨는 것도 어느 정도
는 습관처럼 행동한다. 반드시 밤 12시 30분 이전에는 잠들
것. 잠들기 전에는 무드등을 켜놓고 하루 동안 무슨 일을 어
떻게 했는지, 나를 칭찬할 일은 있었는지, 반성할 일은 무엇
이었는지 곰곰이 떠올려본다. 두 번, 세 번 잘못한 일은 없었
는지 스스로를 다독여본다. 잠들기 전 칭찬노트와 함께 반성
노트를 머릿속으로 써내려간다. 그리고는 잠들어야지 정상적
인 취침 전 모습일 것이다. 아, 이 책 자기계발서 아니지.

하지만 요즘은 달라졌다. 달라도 너~무 달라졌다. 고백한다. 약 10분에서 15분 정도 유튜브를 시청한다. 물론 TV에서도, 심지어 유튜브에서도 잠들기 전 유튜브 시청은 올바른 수면 습관을 방해하고, 시각에 불편함을 주어서 시력 저하에 이르며, 다음 날 피곤함에 이르게 한다면서 적극 계몽한다. 신체 호르몬의 흐름을 방해하며, 건강상 부작용이 발생할 수 있다고도 경고한다. 아니, 유튜브 시청하면 죽는다고 말하고 싶은 것일까. 계몽과 경고를 넘어 약간은 협박 수준에 이른다. 블라블라, 어쩌구 저쩌구, 이렇게 저렇게, 알쏭달쏭, 구시렁구시렁.

그런데 어쩔 수 없다. 서쪽 마녀가 마법을 부렸거나, 최면술사에게 최면이 걸린 것도 아닌데 기계적으로, 습관적으로 나도 모르게 유튜브를 시청하게 된다. 건강상의 두려움보다 재미와 즐거움에 매료당하는 것이 인간의 본능이란 말인가. 그러면서 '좋은 영양제나 하나 더 사서 먹지' 하며 스스로를 위로하고 다독인다.

보통은 테니스, 피겨스케이팅, 그리고 자기계발, 정치 관련 영상을 시청한다. 중학교 시절 우연히 방과 후 수업으로 테니스를 배운 적이 있다. 운동 자체는 나와 그리 맞지 않다고 느꼈다. 비가 오는 날에는 쉽게 할 수 없는 운동이기도 했고, 직사광선 아래에서도 쉽게 할 수 없었다. 그런데 테니스라는 스포츠가 지니고 있는 스포츠정신이 상당히 마음에 들었다. 지더라도 상대에게 예의를 표하며 먼저 포옹을 하고, 마치고 심판에게도 악수를 청하는 모습에서 왠지 멋지다고 생각했다. 물론 속으로는 미치고 환장하고 팔딱팔딱 뛰고 싶겠지만.

특히 7월 즈음에 열리는 최고의 테니스 대회 중 하나인 윔블던 대회에서는 모두들 흰색 의상만 입고 경기를 해야 하는데 뭔가 성스러운 마음가짐으로 임하는 것 같아서 더욱 열광하게 되었다. 유튜브가 없던 시절에는 한국에서 비인기 종목인지라 유선방송의 녹화 프로그램을 그나마 볼 수 있으면 다행이었다. 아니면 테니스 잡지를 통해 순위나 선수 인터뷰만 체크했다.

그런데 지금은 실시간으로 영상을 확인할 수 있으니 내게는 천국이나 다름없다. 보는 것은 좋아하지만 직접 하지는 않는 스포츠인 테니스. 그 스포츠가 주는 매력은 내게 이처럼 조금은 독특하게 다가왔으며 지금도 그렇게 즐기고 있다. 그러니 유튜브는 내게 매직박스나 다름없다. 자기 전에라도 조금씩 시청하지 않을 수 없는 마법의 어플.

그렇다면 피겨스케이팅은? 역시나 대한민국 대부분의

팬들처럼 시작은 김연아였다. 주니어 시절부터 세계적으로 활약하던 그녀의 모습을 유튜브를 통해 반복 시청하였다. 우아하게 스파이럴 시퀀스를 이어가는 자태 하며, 물 흐르듯 이어지는 트리플 러츠와 트리플 토루프 컴비네이션 점프, 아름다운 공주를 연상케 하는 표정에 이르기까지 어디 하나 감탄할 수밖에 없게 하는 김연아의 모습이 너무 좋았다.

봤던 영상 또 보고 보고 또 보고 하다가 라이벌 선수들의 영상도 같이 보고. 그러다가 역시 김연아를 외치며 같은 영상만 수십 번씩 보고. 영어 해설, 일본어 해설, 독일어 해설, 불어 해설, 이태리어 해설, 러시아어 해설 등등 세계 각국의 반응까지 살피고 또 살피고. 그렇게 유튜브를 통해 피겨를 알아갔고 매력에 빠졌으며 김연아를 응원했다. 더불어 클래식의 매력까지 더욱 깊게 알게 되었다. 그녀가 은퇴하고 나서도 여전히 꾸준히 시청한다. 피겨 좀비.

보통 피겨스케이팅은 클래식 음악에 맞추어 안무가 이루어지다보니 다양한 곡들을 쉽게 접할 수 있었다. '죽음의 무도', '세헤라자데', '종달새의 비상', '박쥐 서곡', '거쉰 피아노 협주곡 F장조' 등 김연아가 선택했던 곡들은 시대 상황, 작곡가 등에 대해 조금 더 공부했다. 역시 팬심이나 덕질이 무섭긴 한가보다. 물론 그에 상관없이 클래식을 좋아하기는 하지만 체계적으로 공부하거나 접하지는 않았던 것이 사실이다. 역시나 고백한다.

자기계발 영상들은 또 어떤가. 정말 입을 다물지 못하게 한다. 화려하면서도 크리에이티브한 영상들이 어우러져 소개되니 '이래도 새벽 4시에 일어나지 않을 거야?' '1분 1초라도 낭비하면서 어떻게 살래?' '성공이라는 파랑새는 그리 멀리 있지 않아'라는 말에 너무나도 쉽게 넘어갈 것만 같다. 작심오분이 될지라도 쉴 새 없이 고막을 때려대니 당장이라도 그렇게 해야 할 것만 같다. 로봇처럼 벌떡 일어나 뭐라도 해야 할 거 같은 강박증마저 생길 듯하다.

사실 자기계발 메시지를 별로 좋아하지 않는다는 아이러니가 내게는 존재한다. 하지만 그러한 영상들과 메시지들을 접하며 스스로에게 잠시라도 파이팅을 불어넣고 싶기 때문에 시청한다. '하마터면 열심히 살 뻔하기도 했지만, 그래도 열심히라도 살아야지' 하는 양날의 검과 같은 심정인 것이다.

마지막으로 자주 보는 정치 유튜브. 아, 그냥 할 말을 잃게 만든다. 투표할 때만 머리를 조아리고 당선되고 나면 국민을 노예로 여긴다고 수많은 정치 전문가들이 말하지만 정말 가끔은 진지함을 비트는 코미디 같다. 웬만한 개그 프로그램은 상대가 되지 않을 만큼의 재미와 웃음을 선사한다.

물론 정치를 알아야 내 한 표가 소중하다는 사실을 인지하고, 더 이상은 우매한 국민이 되지 않아야겠다는 다짐을 하면서 정치 유튜브를 시청한다. 하지만 해학과 풍자는 정치에서 시작된 것인가 싶을 정도로 할 말을 잃게 만든다. 그래서 더 알아야겠구나, 더 속지는 말아야겠구나, 나 하나쯤이야 하는 어리석음을 드러내지 않아야겠구나 싶은 권리와 의무가 켜켜이 쌓여간다.

## 호환마마보다 더 무서운 것들이 다가온다

오늘날 현대인들은 유뷰트를 통해서 많은 지식과 재미, 풍자와 감동을 접한다. 너무나 본능적으로. 강의를 듣거나 체험현장에 다녀오려면 수만 원에서 수십만 원, 수백만 원에 이르기도 하는데 유튜브로는 양질의 영상을 거의 무료로 접할 수 있다.

잘만 선택하면 정보의 바다에서 마음껏 자유형, 배영, 평영, 접영까지 시도해볼 수 있지만 역시나 걱정되는 것은 중독과 거짓 정보다. 유튜브 시청 자체에 빠져들다 보니 자존감 있게 걸러내지 못하는 영상들에 몰입하고 그에 중독되어버리는 것이다. 다름이 아니라 틀렸다고 말해줄 누군가가 없으니 'No'라고 받아야 들여야 할 영상도 'Yes'가 되어버리는 것이기도 하다.

우리는 과학 시간에 아주 과학적인 방법으로 과학적인 생각을 곁들여 지구가 둥글다고 배웠다. 콜럼버스, 코페르니쿠스, 갈릴레오 등을 거론하지 않더라도 진리 및 진실과 마주하기를 두려워하지 않는다. 하지만 과학이 폭발적으로 팽창해 있는 오늘날에도 지구가 평면이라고 믿는 사람들이 존재한다. '평평한지구학회'라는 단체도 있다고 한다. 심지어 한국에서도 콘퍼런스가 개최되었다.

이렇듯 다름이 아닌 틀림이 유튜브를 통해 확산될 수 있음을 알아야 한다. 그것도 걸러주는 장치 없이 쉽게 다가올 수 있다는 사실. 유튜브는 그 자체로 슬기로운 취미생활이 될 수 있지만 호환마마보다 더 무서운 부작용을 낳을 수 있다. 쉽게 접하게 되면 쉽게 넘어가버릴 수 있기 때문이다.

(그리 옛날도 아니지만) 그 옛적 비디오테이프가 영상 매체의 대세였을 그 시절만 해도 비디오 영화를 보기 전에는 비디오의 부작용을 경고하는 영상이 덧입혀져 있었다. 하지만 유튜브에는 전혀 없다. 부작용을 먼저 지적하려는 것은 아니지만 지혜롭게 이용해야 하지 않을까, 하는 걱정 아

닌 걱정을 해본다. 더불어 스몸비가 되지 않기를 부탁드려본다. 내 몸 지키는 건 내가 해야 할 것이니까. 사고 나면… 어휴 생각하기도 싫다.

## 22 다이어리 꾸미기

■ 정신 활동 □ 육체 활동

난이도 ★★★★☆

가성비 ★★★☆☆

만족도 ★★★★☆

한줄평 뭐라도 쓰다 보니 크리에이티브

오른손잡이라면 오른손으로, 왼손잡이라면 왼손으로 가볍게 거머쥔 연필 또는 볼펜, 아니 만년필을, 조선시대까지 거슬러 올라간다면 붓을 이용해 너무나도 맑고 순수해서 도저히 더럽히고 싶지 않은 새하얀 종이 위에 직접 '써내려가는 행위'를 '쓰다'라고 생각해왔다. 아니 그렇게 믿고 싶었다. 비록 사전에서는 '쓰다'를 정의하는 몇 가지 의미가 더 존재할지라도….

촌스럽고도 시대에 부합하지 못하는 더없이 주관적인

생각이라며 '다르다'가 아니라 '틀렸다'고 해도 상관없다. PC, 노트북에 이어 스마트폰과 태블릿까지 넘쳐나는 최첨단 디지털시대에 어떻게 그런 발상을 할 수 있냐고 되물어도 나의 믿음은 확고하다. '펜을 쥐고 있는 손끝은 섬섬옥수'라는 나만의 묘한 판타지마저 한몫 하기 때문이다.

많은 책의 표지에서, 또는 인터넷 세상에서 글쓰기 관련 이야기를 끄집어낼 때 수없이 등장하는 사진 한 장, 바로 글을 쓰고 있는 헤밍웨이의 모습. 써내려가고 있는 새하얀 종이 색깔 못지않게 덥수룩한 하얀 구렛나루, 지적인 이미지를 더욱 돋보이게 하는 안경, 정자세가 아니라 삐딱하다 못해 구부정한 모습에 살짝 주름이 깃든 이마까지 섹시해 보이는 헤밍웨이. 그렇게 글을 씀에 있어 표준과 같은 모습을 오래도록 동경해왔다.

분명 헤밍웨이는 글을 쓰고 있었다. 《무기여 잘 있거라》를 서른아홉 번 고쳤다는 그의 고백을 가슴에 품으며 경의를 표하지만, 이 사진에서 그는 서른아홉 번째 퇴고 작업을 진행 중이라기보다 뭔가 끄적이고 있는 듯해 보인다. 언제나 펜을 들고 글을 쓸 때 조금 더 예쁘게 쓰고 싶은 괜한 욕심에 손에 힘이 많이 가는 나와 달리, 그의 손은 여유가 있고 여백이 있다. 떠오르는 생각의 찰나를 순간 거머쥐고서 써내려가는 것만 같다. 한 글자, 두 글자, 세 글자… 한 줄, 두 줄, 세 줄…. 문장들 사이에 유기성이 없어도 상관없다. 그는 쓰고 있으면서 동시에 끄적이고 있는 것이리라. 타자기가 곁에 있었을 테니 원고 작업 중은 아니었을 터. 그렇다면 무엇을 쓰고 있었을까?

이상하게도, 당연하게도 손으로 써야 진짜인 것만 같다. 그래서인지 나는 스치듯 떠오르는 아이디어는 꼭 다이어리에 적어두는 것을 좋아한다. 버릇처럼, 습관처럼, 분신처럼 메고 다니는 백팩에는 언제나 다이어리가 존재한다. 딱히 즐기지 않는 슈트를 입은 날도 예외는 아니다.

혹시라도 '다이어리'라 해서 '일기'라고 오해하시지 말기를 바란다. 날짜별로 간략한 메모를 할 수 있는 수첩이라 생각할 수 있는데 내게는 아이디어노트의 의미도 겸한다. 세상 모든 아이디어를 노트에 적고서 창조적인 결과물로 재해석 해낸 레오나르도 다빈치, 독서노트, 실험노트, 연구노트 등을 쓰며 다양한 이론과 지식을 접목한 뉴턴, 직접 이해한 이론을 재해석해 옮겨 쓰고서 몰입의 노트를 이용한 아인슈타인처럼 인류 역사를 뒤흔들 만한 인물들만 크리에이티브한 아이디어를 담아내는 것은 아니다.

보통은 검정색 볼펜, 가끔은 빨강, 파랑, 노랑, 보라, 초록, 금색, 은색 펜이나 연필로 쓰다 보니 페이지마다 꽤나 '난리 부루스'를 이루지만 이렇게 다양한 색깔을 이용해 적어 두면 의식의 흐름을 잘 구분하게 되어 다행이라는 생각이 든다. 물론 의도해서 그렇게 나누는 것은 아니다. 뭔가 머릿속에서 떠오르면 주문을 외듯 다이어리를 찾을 때까지 중얼거리다가 나도 모르게 눈에 띄는 펜을 찾아 삼매경일 뿐이다. 그러다가 눈에 띄는 펜을 두서없이 집어 들고는 얼른 써내려가는 것이다.

### 내 다이어리, 참말로 꽃 같네

뭔가 손끝을 타고 느껴지는 손맛이 참 좋다. 그래서 다이어리를 쓰는 내게 이러한 행위는 취미가 되었고, 지금은 습관으로 자리 잡았다. 특히 책의 표지 디자인 콘셉트, 제목, 카피 등을 쉼 없이 고민하던 편집자로서 살아갈 때 확실히 습관으로 굳어진 듯하다.

책 구매가 잦은 덕분에 연말에는 다이어리 굿즈를 유심히 살펴본다. 데일리, 먼슬리, 이얼리 스타일인지, 메인 캐릭터는 누구인지 등을 꼼꼼하게 구분한 후 여러 가지 버전을 구입하곤 한다. 가끔은 '책을 사니 예쁜 굿즈를 주더라'가 아니라 '예쁜 굿즈를 사니 책을 주더라'와 같은 주객이 전도된 나의 책 구매 방식에 죄스러움을 느끼지만 어쩌겠는가. 그것이 오늘날 현실 중 하나인 것을….

반강제적으로라도 열일곱 잔을 마셔야 하는 스타벅스의 지능적인 다이어리 이벤트 이후 들불처럼 번져나가기 시작한 다이어리 프로모션에 대해 부정적인 의견을 내는 이들도 많지만 난 반드시 그렇게 생각하지 않는다. 나의 감성과 감각을 표현해주는 시그니처 아이템인 것만 같아서 들고 다닐 때도, 백팩에서 꺼내어 책상 위에 올려둘 때도 기분이 좋아진다. 그 넘쳐나는 엔돌핀의 힘으로 글도 더 잘 써질 것만 같은 플라시보 효과마저 터진다.

다이어리를 살 때 사은품처럼 함께 주는 마스킹테이프나 우표 스티커도 좋아라 한다. '좋아한다'가 아니라 수줍은 듯 좋.아.라.한.다. 요즘은 '다이어리를 쓴다'라고 하지 않고 '다이어리를 꾸민다'고 할 정도로 다이어리를 이용해 자신의 아이덴티티를 드러내는 것이 유행이 아니던가. '다이어리 꾸미기'를 줄여서 '다꾸'라는 용어마저 생겨났으니 말이다.

나는 마스킹테이프를 가위로 정성스레 잘라서 붙이는 것이 아니라, 청테이프를 입으로 북북 뜯어내듯 뜯어서 다이어리의 빈 공간에 붙인다. 나름 디자인적이면서도 아티스틱

한 나의 감성을 표현했다며 뿌듯해하면서. 어설프지만 예쁘게 꾸몄다는 자부심도 생긴다. 가끔은 글을 끄적이려고 다이어리를 꺼내는 건지, 예쁘게 꾸며보고자 하는 다짐이 생겨서 집어 드는 건지 헷갈리기는 하지만 기분이 좋아지는 것은 숨길 수 없는 팩트다.

첫 번째, 두 번째 책도 다 다이어리에 뭔가를 끄적이다 주제를 정했고, 소재를 정리했으며, 아이디어를 마무리했다. 뭔가 창조적인 아이디어를 폭발시켜보고자 가부좌를 틀고서 자리에 앉아 눈에서 레이저를 쏘아가면서 다이어리를 들여다본 것은 아니다. 일상의 단상들이 하나씩 둘씩 켜켜이 쌓이다가 하나의 결과물로 태어난 것이다.

많은 작가들이 글쓰기는 엉덩이를 의자에 붙여놓은 시간의 양이라고 말하지만, 본격적으로 쓰기 전 아이디어는 분명 일상의 생각을 일상에서 이렇게 저렇게 끄적이다가 발견하는 것이리라. 그리고 그 아이디어는 이제 다이어리라는 이름으로 알려져 있는 메모 공간에서 꽃을 피우는 것이 아닐까. 그러고 보니 지금 내 옆에는 노란색 다이어리가 예쁘게 놓여 있다. 바라보고 있으니 이런 생각이 문득 든다. '아, 내 아이디어노트 같은 다이어리, 지금 보니 정말 예쁜 게 꽃 같네.'

## 23 이모티콘 수집

■ 정신 활동  □ 육체 활동

난이도 ★☆☆☆☆

가성비 ★★★☆☆

만족도 ★★★☆☆

한줄평 지금 이 순간, 갬성

솔직히 고백한다. 나 스마트폰 중독인가 봐. 쉣. 아닐 거야, 정말 아닐 거야 싶지만 인정할 것은 인정해야겠지. 그렇다면 왜 내가 중독인지 하나하나 따져보려 한다. 자, 첫째, 아침에 눈을 뜨면 온라인 서점 베스트셀러 순위부터 본다. 이 책 저 책 다 뒤지다가 부러움과 질투, 분노와 절망의 능선을 넘었다가 내려왔다 하며 롤러코스터를 탄다.

그러다 얼른 다른 페이지로 넘어간다. 뉴스를 검색한다. 하루의 흐름은 스마트폰 뉴스로 볼 때 더없이 편하긴 하다.

서른한 가지 아이스크림을 맛별로 조합해놓은 것처럼 알록달록한 뉴스가 스무스하게 물 흐르듯 정렬되어 있다. 정치면을 보며 분노하고, 경제면을 보며 절망하고, 연예면을 보며 뜨악하고, 문화면을 보며 안도한다. 베스트셀러 순위를 보는 감정과 크게 다르지 않은 듯. 희로애락이 마음껏 감정을 들쑤신다. 아침 일찍부터 이러한 감정들이 빠르게 교차 편집되니 마음이 급해지나보다. 정신도 없어진다. 그러고 나서 카톡을 확인한다.

요즘은 12시 정도에는 자려고 노력한다. 물론 유튜브가 나의 수면을 막아서며 괴롭히지만, 신데렐라 콤플렉스가 딱히 있는 것은 아닌데, 그 시간에는 스르륵 눈이 감긴다. 마법가루를 온몸에 뿌린 것 같은 몽롱함이 몰아쳐온다. 습관, 버릇이 참 무섭다. 그렇게 신체 리듬을 맞추려고 애를 썼더니 어느 순간, 뭔가 '짠' 하듯 맞춰진다.

여하튼.


아침에는 온라인 서점 둘러보고, 뉴스 검색하고 나면 카톡을 확인한다. 밤새 이런저런 이야기들이 오고갔다. 이러저러한 단체방들에 그러요러한 이야기들이 오고갔다. 별것 아닌 이야기도 있고, 나에게 피가 되고 살이 되는 이야기들도 넘쳐난다. 일대일 카톡이라 해도 크게 다른 것은 아니다.

이때 큰 의미 없는 이야기에는 이모티콘으로 답변한다. 상황에 적절히 어울리는 이모티콘들을 잔뜩 쟁여두었기 때문이다. 친구들 사이에서 이모티콘 부자로 불린다. 그리고 어쩜 그렇게 적재적소에 찰떡같은 이모티콘을 쏘는 건지 내가 봐도 신기하다 못해 신비롭다. 뭔가 시크한 차도남마냥 그냥 알겠다는 듯, 그 정도는 확인만 하면 되는 것이니 더 이상 피드백 할 필요가 없지 않을까, 하는 마음과 함께 별 내용 아니니 이 정도에서 대화를 끝내도 될 것 같다는 암묵적 푸시가 섞여 있다. 그러면서 마음 한구석에는 '기분 나쁜 건 아니겠지' 하는 미안함과 조심스러움이 담겨 있다.

그렇지, 그렇지. 이모티콘 하나에는 참으로 많은 의미가 담겨 있다. 시적 의미가 내재되어 있는 것만 같은 동시다발적 메시지가 숨어 있다. 요즘 한참 세대를 대표하는 나이대인 90년대 생부터 나아가 00년대 생에게는 전화 통화보다 카톡이 대화하는 주요 방식인 것으로 알고 있다. 1인 라이프가 대세인 만큼 상대와 관계를 맺는 것이 불편하고 힘들어한다고 들었다. 그러다 보니 카톡 대화가 일상화가 되어버린 것이겠지. 잘못되었다고 탓하고 싶은 마음은 없다. 우리 세대와는 다른 것이니까. 그들만의 목소리이자 의사소통 방법이 아니겠는가.

그런데 그 와중에도 상대의 마음을 배려하고 스스로는 버릇없는 사람이 아닌 것처럼 보이기 위해 애쓰고자 하는 마음이 이모티콘 하나하나에 고스란히 녹아 있지 않은가 싶다. 화났을 때 전화 통화로 직접 표현하기는 쉽지 않다. 직접적으로 상처를 입히고 상처를 받는 것이니 부담도 클 것이다. 하지만 이모티콘이라면 적당히 수위를 조절할 수 있으니 그들만의 목소리가 아니겠나 싶다.

## 카톡으로 질문하고 라인으로 답하기

그래서일까. 트렌드에 민감한 나여서 그럴까. 70년대 생이지만 이모티콘에 제법 익숙해져 있다. 아주 테크니컬하게 사용하지는 못할 수 있어도 짬짤한 재미를 누리고자 이곳저곳에 사용해본다. 스마트폰을 열어봤다. 몇 개의 이모티콘이 있을까. 켁, 60여 종이 넘는군. 더불어 친구나 동생이나 형, 누나들에게도 기분 내킬 때마다 이모티콘 선물 참 많이 했다. 약 2,000~3,000원 정도에 기분 전환하기에 딱 좋은 선물이었던 것이다. 당신에게 선물을, 나에게 선물을.

이쯤 되면 카카오는 나에게 VVIP 정도의 스페셜 대우를

해줘야 한다고 생각한다. 물론 회사 전체 수익에 큰 도움이 안 되는 적은 돈이라고 이야기한다면 변명의 여지가 없지만 그래도 이렇게나 열심히 이모티콘을 사용하고 소소한 즐거움을 누리면서 나 아닌 누군가에게 끊임없이 선물을 하고 있으니 말이다.

사실 생각해보면 이모티콘 선물 역시 나의 또 다른 의사소통인 것 같다. 내 취향을 그대로 상대에게 소개하는 것이 아닌가. '나 이렇게 갬성 터지는 분위기 좋아하는데 이해해 줄래?' 뭐, 이런 무언의 의미 전달인 듯싶다.

글을 쓰다 보니 갑자기 가슴이 답답해진다. 한 문장 한 문장 꾹꾹 마음을 눌러서 써내려가고 있는데 다음 문장이 떠오르지 않고 갑자기 콱 하고 막혀버린 듯하다. 얼른 중독자의 첫 번째 수칙. 주저 없이 꺼내어들어라. 스마트폰을 들었다. 양심의 가책은 1도 없다. 누구에게 카톡을 보낼까. 한 마디 두 마디 대화를 주고받는다. 무림신공 같은 절묘함으로 이모티콘을 쏭쏭 보낸다. 깊고도 넓은 내 마음을 담아. '내 마음은 호수요, 그대 노 저어 오오' 하는 심정으로.

책 출간하고자 글 쓰려 하면 참 안 써지는데 카톡에 글은 왜 이렇게 청산유수로 잘 써지는 걸까. 막힘이 없다. 아우토반처럼 잘도 뚫린다. 적절한 위트, 칼같은 피드백, 완벽한 공감, 그리고 이어지는 갬성의 이모티콘. 친구에게서 답변처럼 오는 내가 선물했던 이모티콘.

이모티콘이 왜 취미인지 우문하지 말기를. 취미의 뜻을 다시 한 번 되새겨본다면 정곡을 찌른 듯한 날카로움에 무릎을 탁 칠 것이다. 그래도 이해가 안 간다면 나에게 카톡으로 문의하시기를. 아, 그러고 보니 전화번호를 알거나 아이디를 알아야 카톡 친구가 가능하군. 그런데 선뜻 가르쳐드리기는 쉽지 않은데. 그렇다면 먼저 SNS를 방문해서 어느 정도 친분을 쌓은 후 차근차근 친해지고서 마음이 통하였다는 순간이 오면 DM 가능.

흠, 친해지고 마음을 터놓게 되는 시간을 갖고자 하는 거 보니 아무리 편리하게 이모티콘을 쓴다고 해도 나는 70년대 생인가 보다. 디지털의 강렬함보다 여전히 아날로그의 순수함에 끌리는. 아니면 그 중간쯤 되는 위치인 것인가. 디지로그의 세대, 나는 70년생이다. 90년생이 오는 만큼 70년생도 온다. 제대로 긴장하기를.

## 24 수다

☐정신 활동 ■육체 활동

난이도 ★★★☆☆

가성비 ★★★★★

만족도 ★★★★☆

한줄평 **이토록 애매모호한 취미 하나**

　여기 극과 극을 달리는 취미를 즐기는 한 사람이 있다. 물론 이 글을 쓰고 있는 나다. '지킬 앤 하이드'도 아닌데 그는 외줄타기가 아닌 두 줄 타기를 교묘하고도 은밀하게 즐기고 있다. 그렇다고 해서 그가 양극성 취미에 빠져 있는 변태급 마인드를 갖고 있다고 오해하신다면 큰일 날 일.

　자, 그렇다면 여기까지 이야기를 들었을 때 여러분은 어떠한 생각이 드시는지? 첫째, 무슨 취미이기에 그러는 걸까. 둘째, 그러든지 말든지….

사람들은 보통 타인의 눈치를 많이 본다. '오늘 내가 보라색 계열의 옷을 입고 싶은데 사람들이 나를 정신적으로 이상하게 보지는 않을까?' '날이 더워서 조금 더 짧은 반바지를 입어보고 싶은데 너무 야하게 생각하진 않을까?' 'SNS 많이 한다고 회사에서 나를 너무 가볍게 보지는 않을까?'

지극히 일상적이어서 그냥 쉽게 넘길 수 있는 내용인데 자신을 어떻게 바라볼지 고민하고 두려워한다. 그런데 결론부터 이야기하자면 크게 관심 있는 사람은 없다. 오히려 괜히 신경 쓰다가 상황을 불편하게 부풀릴 수도 있다는 사실을 명심할 것. 생각보다 인간이라는 생명체는 타인보다 자신을 중요시하기 때문에 남 일에 별로 관심을 두지 않는다. 그러니 그러한 걱정은 하지 않아야 내 정신 건강에 좋다.

물론 나에 대한 이야기가 확대 생산될 수도 있다. 그럴 때는 적당히 무시하는 방법을 택하는 것도 현명한 처사다. 내가 별로 크게 생각하지 않는데 타인이 뭐라고 할 것인가. 오히려 당당하고도 자신 있게 대응하는 방안이 더욱 필요하다. 그래야 나를 쉽게 보지 않을 것이고, 더욱 조심스럽게 대할 것이니까.


찌릿-하는 타인의 시선을 굳이 처음부터 꺼낸 이유는

앞뒤가 맞지 않은 나의 취미를 하나 소개하고 싶어서이다. 나는 멍 때리기를 좋아한다. 조금 더 인문학(…)적이면서도 철학(…)적인 표현으로 접근해보자면 침묵의 사색을 즐긴다고 할 수 있다. 아무것도 하지 않아서 지극히 생산적인 나의 모습을 찾아보자는 것이다. 정말 아이러니하지 않은가. 'nothing'을 통해서 'everything'을 얻는다는 발상은 도대체 어디에서 나온 것이란 말인가.

조금 더 쉽게 말하자면 제대로 된 비움을 통해 올바른 채움을 만들어가자는 것이기도 하다. 이제는 뇌과학(…)적으로 풀어서 말해보려 한다. 회사일 하랴, 스마트폰 보랴, 남 일 신경 쓰랴 하느라 뇌가 하루 24시간이 모자랄 정도로 바빴으니 뇌 좀 쉬게 해주자는 것이다. 쉬어야 에너지가 생길 것 아닌가. '열심히 일한 당신 떠나라'고 해서 다들 그리 쉬고 싶어 하면서 왜 뇌는 쉬지 못하게 학대하는지 모르겠다. 그러니 멍 때리기, 나아가 침묵의 가치를 이야기했다.

나는 그러한 행위를 소중하게 생각한다. 스마트폰만 치워도 뇌는 편안해질 것이다. 내 거친 생각과 불안한 눈빛과 그걸 지켜보는 '나'의 무작위적인 행위에서 잠시 멀어지기만 해도 뇌는 안식을 잠시나마 얻을 것이다. '나를 소중히 여기는 만큼 나의 뇌도 소중히 다뤄주세요'라고 말하고 싶다.

## 마음껏 떠들어보자, 에헤라디야

그런데 뜬금없이 말하련다. 오늘 하루 가끔씩은 쉬지 않고 시끄럽게 떠들고 싶다고. 보통 대화는 비슷한 주제, 처지, 감정, 느낌 등을 갖고 있는 사람들 사이에서 이루어진다. 서로 비슷하기 때문에 자존감이 떨어질 일도 없고, 열등감에 사로잡혀 스스로를 책망할 일도 없다. 수다가 재미있게 깊어지면 우울증도 서서히 이겨낼 수 있다고 한다.

나의 행동을 상대가 따라할 때 자존감이 높아진다는 정신의학 용어인 미러링을 통해서도 수다의 중요성을 이해해볼 수 있다. 서로 맞장구를 쳐주고 웃어주고 울어주면서 효과가 더욱 커진다는 것이다. 중년을 훌쩍 넘긴 남자는, 아니 그냥 남자라면 말수가 적어야 한다고 옛 속담들은 이야기한다. 그런데 이 속담들에게 한마디 하고 싶다. 그리고 거침없이 하이킥을 날리고 싶다. "에라이, 나는 시끄럽게 떠들고 싶다고. 스트레스 확 풀리게. 입이 있는데 왜 못 하게 하는 거냐고."

속이 다 시원해지도록 마음껏 떠들어본 적이 있는가. 어릴 적 동네 어귀 평상에서 엄마들이 모여 마음껏 수다를 떨며 까르륵 웃는 모습을 보았다. 그러면서 어느 엄마가 이야기하셨다. "오메, 화병이 날아가는 거 같네." 보통은 남편과 자식 자랑, 시집 식구 흉보기였겠지만 그것만으로도 수다의 힘은 가열차게 발휘되었다.

최근 남자들의 수다는 〈알.쓸.신.잡〉이라는 TV 프로그램을 통해 여지없이 방송되었다. 유시민, 황교익, 유희열, 김영하, 정재승이라는 다섯 중년 아재들이 여행하며 소소하게 떠들며 유쾌하게 웃고 즐기며 자신들만의 생각을 과감하게 드러낼 때 지적 쾌감과 함께 정서적 유희까지 함께 느낄 수 있었다. 말 그대로 유용하면서도 재미있는 프로그램이었던 것이다.

수다의 힘, 수다의 매력, 수다의 가치는 더 이상 설명하지 않아도 충분히 이유가 있다. 그러니 마음 맞는 사람과 한자리에 모여 시시콜콜, 희희낙락, 얼쑤절쑤, 이러쿵저러쿵 이야기를 나누어보자. 물론 대화의 선을 넘지는 말아야 한다. 가끔씩 매너 없이 해서는 안 될 말을 해서 분위기를 흐리는 사람들이 있다. 그럴 경우 그 자리에서 바로 레드카드 죽빵를 꺼내어 두 번 다시 말실수를 하지 않도록 해야 한다.

'발 없는 말이 천 리 간다', '낮말은 새가 듣고 밤말은 쥐가 듣는다', '남의 잔치에 감 놔라 배 놔라 한다', '혀 밑에 도끼가 있다'라는 속담이 구전되는 데는 다 이유가 있을 것이다. 마음껏 발산해도 좋지만 멋대로 발산해서는 안 되는 '말'이라는 의사소통 도구를 지혜롭게 잘 사용해야 할 것이다.

사실 생각해보면 침묵도 말의 일부라고 할 수 있지 않을까. '0'도 숫자가 아니던가. 아무것도 없는 것도 숫자의 일부이니 침묵도 충분히 말의 일부라고 주장할 수 있겠다.

여하튼 수다는 필요하며 고맙다. 화병 나지 말고 마음껏 떠들자. 떠들다 보면 인간관계도 좋아질 것이다. 특히나 요즘처럼 대화할 사람이 없어서 고민 많은 현대인에게 마음껏 대화할 수 있는 사람이 있고 환경이 만들어져 있는 것만큼 큰 복이 어디 있겠는가.

오복은 따로 있는 것이 아니다. 내가 행복하고 즐거우면 그것 자체가 큰 복이 아니겠는가. 오복을 넘어 큰 복을 만들어가기 위해 마음껏 떠들어보자. 에헤라디야.

## 25 도서관 산책

☐ 정신 활동 ■ 육체 활동

난이도 ★★★☆☆

가성비 ★★★★★

만족도 ★★★★☆

한줄평 세상의 중심에서 도서관을 외치다

 

책과 관련된 일을 오래하다 보니 그에 걸맞는 직업병이 생겼다. 길을 지나다 건물 외벽에 붙어 있는 광고판들 중 글자가 많이 있는 것을 보게 되면 으레 가던 길을 멈춰서 차분히 살펴본다. 띄어쓰기, 맞춤법, 문장 구조 등을 분석하는 것이다. 이런 몹쓸 직업병이라니. 시간도 없는데, 얼른 갈 길이나 열심히 가야 하는데.

솔직히 고백하건데 광고판만 보는 것은 아니다. 영화를 볼 때, TV를 볼 때, 음식점 메뉴판을 볼 때도 마찬가지다.

글자가 있는 곳이라면 편집자 아니랄까 봐 활자중독 증세를 보이기 시작한다. 책이나 글을 많이 읽는 활자중독이 아니다. 그냥 직업이 직업인만큼 다른 사람이 틀리게 쓴 것을 보고 찾아내어 그걸로 흐뭇해하고 기뻐하는, 어떻게 보면 길티 플레저 같은 묘한 습관이라고나 할까. 아리스토텔레스가 말했듯이 '우리가 반복하는 행동이 우리가 누구인지 말해준다'고, 딱 그러한 상황이다.

그런데 이상하게도 동종업계의 묘한 조심스러움 때문인지 책을 읽을 때 오타를 발견하면 은근슬쩍 구렁이 담 넘어가듯 모른 척한다. 다만 이런 마음가짐은 든다. '아, 편집하느라 힘들었겠다. 시간에 쫓겨서 겨우 마감을 지켰겠지. 그래, 오타 날 수도 있지.' 무슨 일을 어떻게 하는지 머릿속에 그려지니 책을 향해 다그칠 수가 없다.

이토록 나에게 책은, 물론 많은 사람들에게도 마찬가지이겠지만 조금은 조심스럽게 다루어야 할 물건인 듯싶다. 음식물을 게걸스럽게 먹으면서 책을 읽으면 왠지 비신사적이라는 생각이 든다. 그렇다. 고정관념이라고 비난해도 좋다. 그 비난을 감수해서라도 나는 그러한 마음으로 책을 대하고 싶다. 그래서 독서라는 행위에는 커피나 차를 마시는 정도가 어울리는 것만 같다. 사실 아예 그러지 않는 게 나을 수도 있다는 생각이 든다. 괜히 책에게는 조심스럽다.

물론 새 책들의 보물창고인 서점을 방문할 때 테이크아웃 커피잔을 들고서 부시럭거리며 다니는 사람은 거의 없을 것이다. 아니, 없어야 한다. 커피를 쏟게 되면, 아주 그냥, 새 책인데 그 이후로 패닉 상태에 돌입하면서 배상해야 할 비용에, 거기다가 끊임없이 나를 질책하며 심리적으로 불안해지고 등등 이러한 실수를 사전에 방지할 목적으로 서점을 갈 때는 커피를 들고 가지 말 것. 이렇게나 강력하게 한마디 해야겠다는 생각이 든다.


도서관도 마찬가지다. 최근에 전 세계 수많은 도서관을 탐험하신 분이 쓴 책을 읽었다. 개인적으로 여행을 갔던 지역 중에 잠깐이나 들렀던 곳들도 소개되어 있었다. 도서관에 들어갈 때면 뭔가 숙연해지는 마음을 감출 수 없다. 특히 최근에 지어진 건물이 아니라 나름의 역사와 전통, 그리고 문화유산이 켜켜이 묻어나는 건축물이라면 입구에서부터 레드카펫 깔고 한 걸음 한 걸음 음미하는 마음이 든다.

바스라이 말라붙은 것만 같은 모래바닥을 걸을 때도 기분이 몽롱해진다. 비 온 뒤 질척거리는 흙바닥이라고 해서 감정의 가치가 줄어드는 것은 아니다. 곁에는 싱그러운 초록

빛을 내뿜는 나무들이 아름드리 제 순서를 지켜가며 양옆으로 우뚝 솟아 있다. 활자의 바다에 빠져 허우적대기 전에 초록의 바다에 먼저 빠져 몸 풀기를 하는 것처럼 그렇게 에피타이저 느낌으로 상쾌할 수밖에 없다.

고요함과 침묵의 갈피 속에서 종이 한 장 차이의 그 묵직함의 가치를 차분하게 느껴본다. 서가에 들어가면 그렇게나 많은 책들의 냄새가 눅눅하게 다가오지만 과학적이나 의학적으로는 도무지 설명하기 힘든 새로운 세상으로의 여행을 준비하는 마음가짐을 품어본다.

마음에 드는 책을 한 권 빼들었다. 찾는 데만 10여 분이 걸렸지만 그 시간마저 여유롭다. 영화 〈러브레터〉에서 햇살 짙게 파고드는 도서관 창가에 서서 책을 읽는 후지이 이츠키를 바라보는 동명의 후지이 이츠키의 마음이라고나 할까. 도서관은 그렇게 내가 무한히 발송하고 싶은 러브레터의 수취인과 같다.

### 왜 도서관이냐고 물으신다면

한 권의 책을 다 읽지 못할 수도 있다. 아니 짧은 시간에 다 읽는다는 것은 불가능할 것이다. 하지만 한 글자씩 머릿

속에 새겨 넣는다는 마음이 차곡차곡 쌓인다. 그만큼 도서관
은 대체 불가능한 영역인 것만 같다. 은근 침묵을 좋아하다
못해 사랑하는 40대 초반의 나에게 이곳은 어머니의 뱃속과
같은 안식처이자 보금자리와 같다. 호흡을 해도 숨결 하나하
나가 느껴지니 말이다.

가끔은 책을 읽다가 책상 위에 기대어 눈을 감아보아도
좋다. 뭐 어떤가. 책을 읽을 때 반드시 엄청 집중해서 한 글
자라도 놓칠까 봐 도끼눈을 떠가며 바라보지 않아도 좋다.
이곳은 수업을 위한 교실이 아니지 않은가. 학점이나 취업,
또는 승진을 위해 아등바등하는 세렝게티와 같은 치열함의
독서실도 아니다. 여유가 피어나고, 안락함이 느껴지며, 차
분함이 다가온다. 도서관은 그런 곳이다.

아이들을 위한 서가는 따로 있으니 그곳에서는 적당한
소음이 피어올라도 좋다. 왠지 기분 좋아지는 백색소음이라
고 여기려 한다. 지하철 안에서 끝도 없이 울어대며 인간으
로서의 한계를 시험하는 아기의 공포의 소음과는 다른 점이
충분히 있다. 그리고 공간 자체가 분리되어 있으니 크게 개
의치 않는다.

공간이라는 단어를 쓰다 보니 문득 떠오르는 바가 있다.
좁은 땅덩어리, 그리고 수많은 사람들, 경쟁, 번아웃, 우울

함, 마음의 병, 이러한 이야기들. 온전히 누릴 수 있는 공간이 작게라도 존재하면 그 안에서 오롯이 충분하게 나만의 시간을 누리며 나를 존중하고 보듬을 수 있다. 그러한 공간이 도서관이라는 생각이 든다. 고요함이 매 순간 찾아오기에 스트레스를 받을 일도 없다. 아주 작지만 주위 사람과 부딪치지 않으며 누리게 되는 나만의 공간. 그러한 공간을 제공하는 도서관을 사랑한다.

그래서 도서관 근처에서 약속을 잡게 되면 조금 일찍 서두른다. 도서관을 산책하듯 둘러보는 것이다. 도서관 바깥에서는 사람들의 소리로 귀가 피곤해진다. 하지만 이 안쪽은 이렇게나 평화롭다. 담벼락 하나를 사이에 두고 극과 극의 세상이 펼쳐지는 것이다. 도서관은 분명 지식과 지혜를 마음껏 누리고자 하는 시민들을 위한 공간이다. 하지만 동시에 고요함과 평화를 기대하는 시민들을 위한 공간이기도 하다.

도서관에서 들려오는 소리는 크게 세 가지다. 살포시 문지방을 넘는 조선시대 여인의 발자국 소리 못지않게 고요히 바스락거리는 책장 넘기는 소리, 밝은 햇살 아래 하늘거리며 자기네들끼리 스치는 창밖의 나뭇잎 소리, 더불어 책을 빌리거나 위치를 찾기 위해 사서분들에게 소곤소곤 물어보는 질문의 소리다.

도서관이 좋은 이유를 몇 가지 더 들어보라고 하면 충분히 이야기할 수 있지만, 좋은 것은 나만 알고 싶은 이기적인 마음 때문에 여기까지 하겠다. TV에 나와서 유명해지기 전, 나만 알고 나만 사랑해온 것만 같은 맛집을 가진 기분이라고 할까. 여기가 바로 지식 맛집인 것이다. 제발 다른 사람은 몰랐으면 좋겠다. 나만의 공간이니까.

*VI*

포기하면 편한

## 26 스니커즈 수집

☐ 정신 활동  ■ 육체 활동

난이도 ★★★★☆

가성비 ★☆☆☆☆

만족도 ★★☆☆☆

한줄평 **더도 말고 덜도 말고 스니커즈만 같아라**

쇼핑 중독을 이야기할 때 왜 언제나 옷, 가방, 구두에 열광하는 여자들만 거론하는지 모르겠다. 이것은 엄연한 성차별이자 뿌리 깊이 박혀 있는 고정관념이다. 남성 페미니스트도 존재하듯이 남자도 명품을 좋아한다. 물론 일반적으로 지목하는 패션 브랜드와는 차이가 있지만 말이다.

남자가 빠져들었을 때 도박 못지않게 탕진하는 품목이 몇 가지 있다. 첫째, 자동차. 이견이 없다. 남자에게 자동차는 과시욕을 나타내는 자존감의 또 다른 표현이면서 동시에 대한민국처럼 사람들로 바글거리는 인구밀도 높은 나라에서는 타인과 부딪힐 일 없이 오롯이 자신만이 점유할 수 있는 안식처이기도 하다. 어떻게 그리 단정할 수 있는지 궁금할 수도 있겠다. 물론 이는 여러 학자들의 심리학적 의견이면서 가족과 회사에 치여 자신만의 공간을 갖고 싶다고 수없이 외치던 친구들의 고요 속의 외침이기도 하다.

나는 앞서 출간한 책들에서 평일만이라도 각방을 쓸 수 있는 부부의 배려와 용기를 이야기한 적이 있다. 타인의 간섭 없이 자신만이 누리고 싶은, 아니 누려야만 하는 시간과 공간이 필요함을 주장했었다. 가족이라는 족쇄로 묶어둘 것이 아니라 충분히 배려하고 이해하고 받아들이는 노력이 필요하다는 요지였다. 가족이어서 더욱 가까워야 하는 것이 아니라 가족이기 때문에 약간이라도 정말 단 1밀리미터만이라도 거리를 두어야 함을 애써 이야기했다.

자동차를 이야기하다가 너무 샛길로 넘어가버렸지만 여하튼 자동차는 남자의 컬렉션 중에 절대 빠질 수 없는 핵심 목록이다. 그렇다면 둘째는 무엇일까. 바로 스피커. 선뜻 이해하기 힘들 것이다. 웬 스피커? 홈시어터에 빠져들기 시작하면 깨닫게 될 것이다. 스피커가 가장 중요하고 제일 비싸다는 사실을. 수억 원을 호가하는 스피커가 있다는 사실에 온몸이 바르르 떨리다가도 그것을 갖지 못하는 어느 가난한 컬렉터의 절규가 귓가에 맴도는 것만 같다.

세상을 이루고 있는 A부터 Z까지 모든 것을 가장 편하고도 완벽하게 해줄 것만 같은 디지털 시대에 모락모락 피어오르며 세를 확장하고 있는 '호모 아날로그루스'(물론 존재하는 공식 용어가 아니다)의 대반격을 기대할 만큼 턴테이블, LP의 부활은 신인류의 사랑만큼이나 놀랍다.

물론 여기에는 대미를 장식하는 부속품이 존재한다. 스피커. 돌비 서라운드 시스템을 넘어 하이톤과 베이스음, 더불어 미드톤까지 완벽하게 구현해내는 스피커는 역시나 비.싸.다. 입이 떡 벌어지다 못해 턱이 빠져버릴 만큼 비.싸. 다.


그래서인지 세 번째 품목인 스니커즈는 차라리 소박하기 그지없다. 비싸 봐야 100여만 원(!) 정도에서도 무난히 거래가 성사되기 때문이다. 사실 나는 자동차와 스피커는 엄두도 내지 못한다. 웬만한 부잣집 나으리들 아니면 상상조차할 수 없기 때문이다. 괜찮은 아이템 몇 개 보유하고 있다는 소문만 나도 잡지사에서 즉각 인터뷰 요청이 들어온다는 이야기를 들었다.

"컬렉팅은 사회적으로 칭찬받을 수 있는 유일한 탐욕의 형태이다." 현대 광고계의 대부이자 아트 컬렉터인 유진 M. 슈와르츠의 말이다. 여기에 개인적으로 한마디 덧붙이면서 스니커즈 이야기를 풀어나가고자 한다. "컬렉팅은 사회적으로 칭찬받을 수 있는 유일한 탐욕의 형태이지만 그 밑바닥에는 충분한 자본이 뒷받침되어야 한다." 한 단계 업그레이드된 주장이 아니겠는가.

여하튼 스니커즈는 남자의 3대 욕망 중 그나마 현실적인 듯싶다. 가장 대표적으로 조던 시리즈. 마이클 조던은 왜 농구화를 패션과 접목시켜서 남자들을 열광시킨 것일까? 조던 시리즈에는 계보가 있고, 극강의 비싼 아이템도 있으며, 절판으로 인해 레어 아이템이 되어버린 제품도 있다. 갖고 싶어도 가질 수 없어서 열병이 나고 온몸에 두드러기가 날 것만 같은 그런 스니커즈가 존재한다는 것이다.

## 남자에게도 소중히 감싸줘야 할 '우리 애기'가 있다

어느 날 스니커즈 카페에 조던 시리즈 몇 번이 정발된다는 소문이 돈다. 그렇게 되면 나이키 코리아는 몸살을 앓는다. 궁금증에 문의하는 마니아들의 빗발치는 전화들. 서울

시내를 포함하여 전국 각 매장들은 보유 가능 수량을 체크하고는 공식적으로 제품명과 수량, 사이즈를 공개한다. 연예인의 결혼(또는 이혼) 발표보다 더욱 애간장을 태운다. 이날은 전국의 스니커즈 덕후들에게 큐피트의 화살이 마구마구 발사되는 날이다.

스니커즈 카페는 난리가 난다. 며칠 전부터 하드캠핑에 들어가야 한다는 둥, 추첨으로 해서 시간과 에너지 낭비를 하지 않아야 한다는 둥 각자 자신들에게 유리한 스토리텔링을 써내려간다. 어느 날은 최소 1박 2일의 하드캠핑이 필요하고, 어느 날에는 정해진 시간에 번호표를 배분해 추첨하는 방식이 이어진다.

하드캠핑에 돌입하는 2~3일간은 가관도 아니다. 침낭, 모포, 간이의자, 간식까지 준비하는데 더 웃긴 건 각 매장에서 시간을 체크하고 순서를 확인하며 따뜻하거나 시원한 음료까지 제공한다. 도시의 어느 거리에서 자발적으로 생성되는 피난민들의 집단거주 현장이 펼쳐진다. 스니커즈에 매료되어 첫 하드캠핑 현장을 방문했을 때 할 말이 없었다. 어떻게 저렇게 고생하며 '그깟 신발 하나 사겠다고 저 난리인가'라는 생각이 수없이 번개처럼 스쳐 지나갔다. 얼마나 갖고 싶었으면 저럴까, 하는 마음이 들기까지는 시간이 조금 더 필요했다.

어찌 보면 스니커즈 카페의 정모는 여기서 시작되는 것이 아닌가 싶을 정도다. 카페에서 유명한 분들이나 스태프들은 연신 동료 하드캠퍼들과 인사하기에 여념이 없다. 서로를 격려하고 정보를 공유하며 해외 발매 상황을 시시각각 확인한다. 뉴욕에서 드디어 시작되었다더라, 도쿄에는 몇 분 만에 매진이라더라, 파리에는 며칠 후에 발매되어 유럽의 다른 나라에서 원정을 간다더라 하는 말이 글로벌하게 오고간다.

그런데 그 사이사이에 리셀러라고 하는 나름 업자들이 파고든다. 20~30만 원을 훌쩍 넘는 스니커즈를 희귀템이라는 이유로 나중에 3~5배 정도 프리미엄을 얹어 파는 것이다. 나 역시 그렇게 구입했던 스니커즈가 있다. 그런데 도저히 신을 수가 없다. 아까워서, 상처 날까 봐, 신주단지 모시듯 고이고이 모셔놓고 우울할 때 한 번씩 들여다본다. 심지어 꼭 신고 싶으면 방 안에 신문지를 깔고서 무슨 보안업체 검사마냥 조심조심 신어본다. '신지도 못하는 신발이 무슨 신발이래'라는 생각이 들기도 하지만 신주단지, 꿀단지, 보물단지 다루듯 수백 번 주의를 기울인다.


그렇다. 남자들에게도 예뻐해줘야 할 '우리 애기'가 있다. 겁이 나서 함부로 다룰 수 없는 우리 애기. 그래서였을까? 이러한 행동이 너무 피곤하고 실소가 날 때가 있어서 그냥 어느 순간 나도 모르게 스르륵 포기해버렸다. 앞서 이야기했듯 자본도 여유롭지 않았다. 신지도 못하는 신발이라는 속앓이까지 하고 싶지도 않았다.

그렇게 스니커즈를 향한 나의 짝사랑은 어느 순간 시작되었고, 어느 순간 멈춰버렸다. 그래도 가끔씩은 스니커즈 카페에 들어가본다. 스니커즈들이 나에게 손짓한다. 얼른 데려가라고. 데려가면 자신도 빛이 나고 나 역시 빛이 날 거라고. 윙크까지 던지는 듯하다. 하지만 환상과 망상에서 벗어나는 데는 그리 오랜 시간이 걸리지 않는다. 중독은 이래서 무섭다. 떨쳐내려야 떨쳐낼 수가 없기 때문이다. 하지만 난 해버렸다. 자존감 싸움으로 밀어내버린 것이다.

지금도 당시 컬렉팅 해둔 스니커즈가 있고 여전히 꺼내지 못하고 있지만 내게는 이제 스니커즈는 신어야 하는 용도가 되었다. 더도 말고 덜도 말고 딱 스니커즈 그 자체만 같아라.

## 27 십자수

☐ 정신 활동 ■ 육체 활동

난이도 ★★★★★

가성비 ★★★☆☆

만족도 ★☆☆☆☆

한줄평 **힐링은 개뿔, 짜증만 나는데**

글도 쓰고, 책도 편집하고, 음악도 하는데 솔직히 고백하자면 집중력이 낮다. 무엇보다 집중해서 퀄리티를 높여야하는 작업들이건만 나는 빛의 속도로 집중력을 잃어버렸다가 놓쳐버렸다가 한다. 왠지 내 옆자리에서 집중력이라는 녀석이 어슬렁거리기만 하고 더 이상 다가와주지 않으면서 밀당하는 것은 아닐까 싶기도 하다. 그도 그럴 것이 이러저러한 강박증 문제 때문에 멘탈이 자주 인아웃을 거친다. 그래도 이제는 숨을 쉬는 것마냥 일상으로 받아들이고 있어서 이

문제로 고통스러워하는 어려움은 덜하다. 하지만 정말 집중 좀 하고 싶다.

글을 쓸 때 키보드 소리에 집중하기보다 온몸을 타고 도는 공기의 흐름에 신경이 쓰인다. 무슨 소리냐고? 종종 공기가 피부에 닿는 느낌이 현실적으로 느껴진다. 그러면 간지럽거나 뭐가 묻어 있다는 감각이 뇌 깊숙한 곳으로 전달된다. 이게 무슨 초정밀 뇌과학적 이야기인가 싶겠지만 나는 그런 사람으로 살아가고 있다. 그렇다고 해서 타인에게 피해를 주는 것은 아니니 걱정하지 마시기를.

한때는 머릿속에서 노래들이 폭발하듯 스쳐 지나가곤 했다. 이미 알고 있는 노래들도 있었고, 새로운 리듬과 멜로디, 그리고 가사들이 부유하는 경험을 지겹도록 누려야 했다. 물론 그러한 상황을 고통이라 여기지는 않는다. 결국 나는 그러한 사람이니까. 그냥 그러려니 받아들인다. 거기까지 무의식이든 의식이든 관심을 집중했다면 아마 사는 게 사는 게 아니었을 것이다. 너무나 괴롭고 고통스러워 심연의 나락으로 떨어져버렸을 것이다.

머리카락도 배배 꼬고, 손도 멸균이 될 만큼 쉼 없이 씻고, 옷에 뭐가 묻었나 싶어 눈이 아프도록 들여다봤다. 물론 이제는 고맙게도 좋든 싫든 과거의 내 모습이기에 고이고이

접어 묻어둘 수 있다. 역시나 집중을 하려 해도 제대로 할 수 없는 사람이 바로 나였다. 그래서 집중 좀 해보려고 이것저것 시도했다.

### *"안 되는 건 빨리 포기할 필요가 있더라니까요!"*

첫째, 십자수. 처음에는 좀 쑥스러웠다. 도안도 사고, 실도 사고, 코바늘도 사고, 사고 사고 또 사고…. 인형 눈 붙이기 아르바이트마냥 재료들이 좀 쌓여갔다. 오늘도 골방에 틀어박혀 한 땀 한 땀 이태리 장인의 손놀림으로 이어간다.

숍 사장님이 말씀하셨다.

"머리도 아주 짧고 콧수염도 기르신 애기 아버지가 계신데 우리 가게 단골손님이셔요. 우락부락 조금 무섭게 생겼는데 십자수 할 때는 세상 순한 양 같다며 안사람이 신기하다고 그래요."

"십자수 하면 순해지기도 하나요?"

"아니, 그런 건 아니고요. 거기에 엄청 집중을 한다는 거죠. 엄청 큰 도안을 가져가셔서 몇 시간 동안 밥도 안 먹고 한다고 하던데 제가 봐도 신기해요."

"아, 저도 집중력 향상 때문에 시작해보려고요. 잘 되겠죠?"

"집중력에는 짱이에요. 이게."


바닥에 십자수 재료들이 펼쳐져 있다. 다시금 한 땀 두 땀 세 땀 이어간다. 누군가는 땅에 떨어진 과자부스러기라 눈길도 주지 않을 것 같아도 그 부스러기들을 열심히 모아 집으로 운반해가는 일개미의 원투 스텝만큼 일정한 템포도 덧붙여진다. 원투 차차차, 쓰리포 차차차. 십자수는 메트로놈이 똑딱똑딱 소리를 내듯 리드미컬하게 해야 한다.

집중이 되는 것도 같다. 뭔가 그 행위 자체만으로 다른 잡념이 사라지는 것만 같다. 아, 드디어 집중력 향상을 위한 엠씨스퀘어를 능가하는 무언가를 찾아냈어. 고등학교 시절 집중력 향상을 위해 알파파가 생성된다며 전국 수험생들을 모두 서울대에 합격시켜줄 것만 같았던 엠씨스퀘어 이후 솟아오르는 놀라운 집중력이라니. 물론 경험해본 70년대생들은 알겠지만 엠씨스퀘어는 집중력보다 빠르게 수면으로 이어지게 하는 놀라운 제품이었다. 불면증 치료제.

아, 그러고 보니 이렇게 쓰려고 한 것이 아닌데 역시나 제대로 집중하지 못하니 파란 하늘에서 팡팡 터지는 시골

축제 기념용 컬러풀한 풍선들 마냥 정신이 없다. 이 이야기
가 나왔다가 저 이야기가 치고 들어오고 다시금 그 이야기
가 스멀스멀 끼어들려 하니 말이다. 앞뒤 흐름이라도 잘 맞
아야 하는데 당최 두서없이 이어지고 있는 것만 같은 지금
이 순간.

결국 십자수는 빠르게 그만두었다.

그랬더니 숍 사장님은 이렇게 말씀하셨다.

"왜요, 무슨 일이래. 좀 더 해보지, 왜 포기하려고요. 이
도안은 공짜로 줄게요. 다시 해봐요."

"아, 아니에요. 생각보다 힘들어서요. 집중도 잘 안 되는
거 같고요. 그리고 다 만들어서 뭐에 쓸지도 모르겠고요."

"잘 만들어서 오면 내가 팔아줄게요. 예쁘게 십자수 한
제품들은 사가려는 손님들도 많아요."

사장님은 영업의 달인이 아니었을까. 재료도 팔고, 제품
도 팔고, 손님의 마음까지 팔아줄 것만 같았다. 인형 눈 붙
이는 아르바이트 못지않다는 생각이 들었다. 여기서 그만두
지 않으면 다단계의 늪에 빠져들 것만 같은 기분으로 머릿속
이 번잡해질 것이다.

"아니에요. 그냥 그만두려고요. 재료들은 그냥 필요하신 분들 주세요. 저는 더 안 할 거 같아요."

"어휴, 아쉽네 그려. 십자수 완성해오면 팔아준다니까."


얼른 문을 열고 나왔다. 뒤에서 사장님이 계속 구시렁거렸지만 영업의 늪에는 빠지지 않으리라 다짐했다. 그 후로도 아인슈타인이나 뉴턴급 집중력은 한 번도 일어나지 않았다. 그냥 적당히 집중이 덜 되면 덜 되는 대로 조금 되었다 싶으면 기뻐함과 동시에 집중력 제로가 되는 일상의 경험들이 숱하게 이어졌다. 그러는 와중에 새로운 집중력 향상 묘안이 나라 전체를 들었다 놨다.


둘째, 컬러링북. 아냐, 컬러링북 이야기는 길게 쓰고 싶지 않다. 속았다. 짜증만 솟구쳤다. 집중하기에는 시간이 너무 오래 걸리고, 나는 미술적 감각은 별로 없어서인지 그리다가 색깔을 잘못 선택한 거 같아서 망친 것만 같아서 꼴도 보기 싫었다. 힐링은 더더욱 되지 않았다. 나는 집중력은커녕 미술적 심미안마저 부족하구나. 더불어 성격까지 그리 좋은 편은 아니구나.

컬러링북은 일타3피였다. 세 가지 문제점을 동시에 드

러내 보였던 것이다. 여러 가지 재료를 샀던 것은 아니니 크게 손해 본 것은 없었다. 예쁘게 컬러링해오면 팔아주겠다는 숍 사장님도 없으니 영업의 늪에 빠져들 일도 없었다. 그렇게 그렇게 나의 집중력은 현실에서 멀어져만 갔다. 그리고 그냥 내 삶의 일부라고 쉽사리 받아들이기로 했다.

집중 좀 안 되면 어때. 지금까지 마흔 넘게 무난히 살았는데. 괜히 성격 나빠지는 것보다는 낫겠지. 얼른 그만두기는 잘했어. 정말 멈추니 비로소 보이는 것들이 있었다. 그렇게 오래 시간을 끌기보다는 빨리 그만둘 줄 아는 지혜도 필요하다. 안 되는 것을 너무 꾸역꾸역 잡고 있다가는 시간과 돈과 에너지만 낭비할 것이다. 이제 그런 것들을 낭비하기에는 나이가 조금씩 들어가고 있으니 조심하고 또 조심해야 한다. 도가니 못지않게 멘탈마저 쉽게 무너질지 모르는 일이니까.

## 28 요리

☐ 정신 활동  ■ 육체 활동

난이도 ★★★★★

가성비 ★★☆☆☆

만족도 ★☆☆☆☆

한줄평 요섹남은 TV에만 살아요

직업과 관계없이 좋아서 하는 일이 취미이기에, 직업과 관계없이 싫어서 할 엄두조차 내지 않은 일이 있나 생각해보 았다. 가장 먼저 떠오르는 분야는 역시나 요리였다. 나는 요 리는 생각조차 하지 않는다. 무서운 벌레와 마주한 기분마저 든다고나 할까. 그런데 맛있는 요리를 맛있게 먹는 것이 취 미라면 그건 자신이 있다. '너무 맛있게 먹는 것을 죄라고 한 다면 전 무기징역을 받겠어요'라고 당당히 외칠 수 있다. 그 런데 요리에 관해서라면 나는, 나는, 나는… 정말 귀찮고,

싫고, 자신 없고, 재미없다.

그나마 김치찌개를 끓인 적은 몇 번 있었다. 맛있게 푹 익은 신김치만 있다면 다진 마늘과 송송 썰어둔 파를 넣고서 끓이면 되겠지. 그냥 끓인다. 제대로 끓인다. 맛있게 끓인다. 10분 정도 푹 끓인다. 그러면 김치찌개 끝. 라면도 있다. 물을 끓인다. 면을 넣고 끓인다. 스프를 넣고 끓인다. 3분이면 끝.

정말로 이렇다. 요섹남이 대세라며 너도나도 요리를 배우려 할 때 나는 짐짓 이렇게 되뇌곤 했다. '사람이 말이야, 좋아하는 것 아니면 잘하는 것을 해야지 굳이 하기 싫은 것을 억지로 하다 보면 탈이 나는 것 아니겠어?' 요리는 이상하게 싫었다. 요리도 아트라고 말을 하지만 그 아트는 내 체질에 맞지 않았다.

그래서 곰곰이 생각해보았다. 나는 체질적으로 몸이 뜨거운 편이니 불 앞에 서 있는 것을 싫어해서 그런 것일까. 아니면 재료를 준비하느라 장을 보러 다니는 것을 귀찮아하는 것일까. 아니면 어릴 적에 엄마가 늘 말씀하셨듯이 "요리하는 사람은 자기가 한 요리 맛을 잘 몰라서 맛있는지도 모르겠어" 때문일까. 아니면 이거 하나밖에 없다.

나에게는 요리 알레르기가 있거나.

물론 가장 비현실적인 이유이기는 하지만 그럴듯하다.

사실 굳이 골라보자면 귀찮아서일 듯한데 다른 취미들은 귀찮아도 잘하는데 왜 요리만큼은 유독 귀찮아서 다 싫은 것일까. 인간은 정말 알다가도 모를 존재다. 아니 생명체는 알다가도 모르겠다. 그것조차 다름을 인정해야 하는 것이겠지. '나는 요리를 좋아하지 않는 것도 아니고, 오히려 싫어하는 사람.' 그래서 요리에 대한 기억은 별로 없다.

동호회에서 엠티를 떠나도, 친구들끼리 여행을 가도, 시내 레지던스에 모두 모여도 나는 요리는 하지 않는다. 이상하게 못 하겠다. 그러다 보니 일종의 선포 같은 것을 한다. 대신 재료 살 때 같이 가고, 준비 과정에는 열심히 참여한다. 이거라도 하지 않으면 욕먹기 딱 좋을 테니 말이다. 야 이 수박씨 발라먹을 조카 크래파스 18색이야 조카도 있네.

## 선택적 이중인격자 납셨네

요리를 별로 좋아하지 않는다는 근거로 텔레비전 요리 프로그램을 거의 보지 않는다는 데서도 이유를 찾을 수 있다. 관심이 없으니 굳이 보지 않을 수밖에. 대신 맛있게 먹는 먹방은 어찌나 좋아라 하는지. 그렇다고 해서 유튜브에서 방송하는, 조금은 엽기적인 먹방은 극도로 싫어한다. 먹는다는 행위는 지극히 예의를 갖추고 임해야 할 것만 같다. 한 입한 입 기분 좋게 포근한 마음으로 먹어야 한다는 생각이다. 너무 우적우적 먹는 것도 싫다.

양념이 맛있게 뿌려진 도토리묵을 먹어도, 매콤달콤 제육볶음을 먹어도, 하얀 속살이 매끈하게 드러난 것처럼 보드라운 흰순두부찌개를 먹어도 마음의 준비를 할 필요는 있다. 굳이 요리하신 분들을 향한 감사의 마음, 재료를 생산해주신 농부분들에게 드리는 고마운 마음까지는 아닐지라도 차분하게 먹어야겠다는 생각은 멈출 수 없다.

싫고 좋고의 구분이 명확한 내 성격이 참 좋은 것도 같다. 굳이 억지로 해보려 하지 않고 싫으면 확실히 싫다고 결론 내릴 수 있으니 말이다. 오늘날과 같이 선택의 폭이 넘치는 와중에 싫은 것이 있어야 덜 피곤하지 않을까 싶다. 요리가 싫은 이유를 정확하게 콕 집어서 말할 수는 없지만 그래도 싫은 것을 싫다고 말할 수 있는 내가 대견하고 좋다.

삶도 좀 더 그렇게 살고 싶다는 생각이다. 싫은데 좋은 척하는 것도 참 싫다. 말 그대로 싫다. 내가 너무 피곤해질 테니까. 물론 어느 정도 억지로 해야 할 때가 있겠지. 하지만 그 이상의 요구가 있을 때는 과감하게 싫으면 싫다고 말할, 미움 받을 용기가 필요할 듯하다. 세상에는 권유하는 사람은 많지만 거절하는 사람은 드물기 때문이다. 그러다 속병 나는 것이겠지.

폭발하듯―마음속에 담아두면서 꾸역꾸역 하지 말고― 어느 순간에는 하기 싫다고 당당하게 말할 수 있는 용기가 필요한 때다. 물론 자신에게 떠넘겨질 손해는 감수해야지. 세상 모든 결정에는 책임이 뒤따르는 법이니까. 머뭇거리지 않고 제대로, 다시금 한마디 하겠다. "나는 요리가 싫어요. 절대로 취미로 시도조차 할 일은 없을 거예요. 그런데 요리 책은 가끔 사요. 예쁘게 요리된 사진 보는 것은 즐겁거든요." 아, 선택적 이중인격자여. 그게 바로 나인가보다. 절대 부정하진 않겠다. 쏘리.

굳이 한마디 더 하자면, 혹시라도 비혼을 청산하거나 결혼을 하지 않으면 죽을 것만 같은 누군가가 나타났는데 요리까지 잘하신다면 하늘에서 내려주신 운명이라 받아들이겠나이다. 그런데 해주는 요리를 얻어먹기만 하겠냐고 물으신다면 마리 앙뚜와네뜨의 특급 집사 못지않게 설거지만큼은 일류로 해놓겠다고 답하겠나이다.

아, 맛있는 거 먹고 싶다.

## 29 일렉 기타

■ 정신 활동 □ 육체 활동

난이도 ★★★★★

가성비 ★☆☆☆☆

만족도 ★★☆☆☆

한줄평 나는 에릭 클랩튼이 아니라니까요

꽤나 오래 배워왔던 가야금을 그만두었던 그 순간이 기억난다. 좋은 기회가 닿아서 국립국악원 우면당에서 공연을 하기도 했다. 뮤지컬배우로 활동했을 때 예술의전당 오페라극장에서 막이 올랐던 〈명성황후〉 10주년 기념공연에 함께 했던 추억이 있는데 같은 공간에 위치한 색다른 느낌의 공연장인 우면당에서 공연을 했던 것이다. 제철이라 과즙이 주르륵 흐르는 사과를 맛있게 먹었는데 시간이 좀 지나 당도가 최고로 올라오는 배를 베어 물고는 그때의 사과를 기억해내는 느낌이라고나 할까.

그런데 가야금은 뭔가 나의 마음을 꽉 채워주지 못했다. 2프로 부족한 느낌인데 2프로가 한 번 더 부족한 것만 같은 아쉬움이 온몸에 맴돌았다. 무엇이었을까. 가야금을 연주하면 그렇게 마음에 힐링이 되고 차분해지고 가슴에 따스함이 올라왔는데, 진양조, 자진모리, 중모리, 휘모리 등을 연주하면 그렇게나 신명났는데 무엇이 부족했던 것일까. 역시나 뮤지컬배우였던 그때로 돌아가서 해답을 찾을 수밖에 없었다.

그랬다. 나는 무대에서 놀아야 했다. 신나고도 재미있게 놀아야 했다. 그런데 가야금으로는 나 혼자만을 위한 방구석 라이브밖에 될 수가 없었다. 아니면 공연을 하더라도 '원 오브 뎀'이었다. 그렇게는 싫었다. 그래서 결국 밴드로 활동해야 하는 것은 아닌가 싶었다. 2프로 더하기 2프로가 부족하다고 느꼈더니 그 4프로를 채워줄 무엇인가를 찾아야 했다. 그래서 가야금은 오랜 시간 묵묵히 내 곁을 지켜오다가 불현듯 떠나버리게 된 것이다.

가장 대표적인 악기를 찾아야 했다. 기타였다. 연주를 하며 노래를 부를 수도 있었고, 밴드가 결성되면 리더가 되기에도 어렵지 않을 것이었다. 인터넷 동호회를 찾아가 배움의 열정을 다시금 폭발시키고 있었다. 그런데 재미가 없었다. 기타를 연주하며 노래를 부르고, 열심히 하는데도 재미가 없었다. 무엇이 아쉬웠던 것일까. 앞니가 3분의 1만 삐쭉빼쭉 부러진 것 같은 이 느낌은 무엇일까.

실용음악학원을 찾았다. 좀 더 전문적인 곳에서 배우면 그 재미를 향한 열정이 다시금 피어오르지 않을까 싶었다. 기타의 신들인 지미 핸드릭스, 에릭 클랩튼, 토미 임마누엘의 감성이 내게 폭풍처럼 몰아칠 것이라 믿고 싶었다. 기타를 연주하고, 노래를 부르고, 프론트맨으로서 무대를 장악하고. 그러한 환상이 모락모락 피어올랐다.

상담을 받았다. 기타를 배우기로 했으니까. 그런데, 그런데, 상담과 함께 기타는 내 인생에서 영원히 굿바이가 되었다. 어느 연습실 벽에 기대어 있던 생전 처음 본다고 오해했던 악기에 순간 매료되었기 때문이다. 바로 콘트라베이스. 기타 배우러 왔다가 콘트라베이스로 단 1초의 망설임도 없이 노선을 갈아탔다. 어차피 별로 좋아하지도 않는데 저 악기 배우면서 즐겁게 연주해야지 싶었다. 그렇게 기타는 제대로 해보지도 못하고 바이, 짜이찌엔이 되어버렸다.

### 알콩달콩 내 악기와 데이트

사람들은 보통 말한다. 좋아하는 것과 잘하는 것 사이에서 지혜롭게 선택해야 후회가 없다고. 하지만 기타를 떠올릴 때마다 나는 조금은 다르게 생각한다. 별로 관심 없는 것과 좋아하지도 않는 것 사이에서 순간의 고민도 없이 포기할 줄 알아야 한다고. 물론 관심 없는 것과 좋아하지도 않는 것은 의미상으로 도진개진이지만 여하튼 포기는 광속으로 빨라야 한다. 재미도 없는데 억지로 붙잡아봐야 인생만 낭비하고 에너지만 소비된다. 역시나 광속으로.

음악을 좋아하고 악기 배우는 것을 즐기는 나에게 있어서 기타는 언제나 아웃사이더였다. 밴드를 꾸려감에 있어서 가장 대표 악기인데도 말이다. ~~싫은 것은 끝까지 싫어하는 성격.~~ 현재 기타가 세 대나 있다. 아주 좋은 기타들은 아니어서 기증하려 한다. 나보다 이 악기들이 더욱 필요한 사람들이 있을 것이다.

내가 딱 어울리는 주인이 아니라면 딱 어울리는 주인을 찾아주는 것도 더없이 지혜로운 행동이 아닐까 싶다. 사실 학원에는 기타를 배우고 연주하는 수강생이 절반 가까이 될 것이다. 가장 대중적인 데다 휴대도 그리 어렵지 않고 케이스에 담아 메고 다니면 사람들이 힐끗힐끗 쳐다보며 이렇게 중얼거릴 것이다. '어머 기타 배우나 봐, 멋지다. 나도 저런 악기 하나 배워봤으면.'

그런데 현재 내가 담당하고 있는 악기는 무거워서 함부로 바깥에 메고 다니지도 못하고 차가 없으면 멀리 가지도 못한다. 그냥 악기 옮기는 것만으로 연주의 절반을 한 것만 같다. 그래도 나는 이 악기가 좋다. 이상하게 운명처럼 마음이 가고 널 사랑해, 라고 말하고 싶어진다. 콘트라베이스와는 알콩달콩 연애를 하고 있다. 그런데 기타는 성격이 맞지 않는 커플의 첫 데이트마냥 얼른 멀어지고 싶어졌다. 그래서 바로 결정을 내렸던 것이다.

후회하지 않는다. 나는 성격상 결정 내렸으면 후회하지 않는다. 손해를 보더라도. 후회해봐야 아무런 소용이 없으니까. 기타는 결국 누군가에게 돌아갈 것이다. 기타가 분명 좋은 주인을 선택하기를 기도해본다. 네가 다른 누군가의 어깨와 손끝에서 더욱 빛날 수 있기를. 그래서 언젠가 나와 컬레버레이션 하게 되는 그날이 올 수 있기를.

## 30 홈트레이닝

■ 정신 활동　□ 육체 활동

난이도 ★★★★★

가성비 ★☆☆☆☆

만족도 ★☆☆☆☆

한줄평 아직도 홈트 몸짱이 가능해?

주르륵 주르륵. 어느 상점 앞 처마는 비를 피하기에 더 없이 좋은 장소였다. 굳이 처마라는 표현을 써도 무리가 없을 그런 상점이었다. ○○슈퍼. 아직까지 슈퍼가 존재하다니. 익선동에나 있으면 딱 어울릴 분위기인데. 건너편 XX편의점이 있는데도 생존해 있는 게 대단. 하지만 할인도 되고 2+1을 지나 1+1에 적립까지 가능한 편의점 앞에는 서지 못했다. 처마가 없었기 때문이다. 매장 안은 고객천국인데 매장 밖은 이렇게나 고객에게 냉담하다니 싶었다.

8월 초의 하늘은 역시나 변덕스럽다. 늘 갈팡질팡하는 내 마음 못지않은 변덕이어라. 후텁지근한 날씨가 하루 종일 이어지는 듯하다가 땅바닥에서 아지랑이 피어오르기 무섭게 빗방울이 폭포처럼 쏟아진다. 100미터를 인간 총알 속도로 달리는 우사인 볼트처럼 시원하게도 바닥에 내리 꽂힌다. 주르륵 주르륵은 후두둑 후두둑으로 바뀐 지 오래다.

그런데 5분이나 지났을까. 언제 그랬냐는 듯 비는 야속하게 저 멀리 도망가 버리고 양산 들고 나온 새색시마냥 햇볕이 들기 시작한다. 그리고는 건물마다 숨어 있다가 튀어나온 좀비 떼들처럼 모두가 스멀스멀 길가를 채우기 시작했다. 이제는 처마에서 벗어났으니 감사의 마음으로 슈퍼에서 음료수라도 하나 사면 되었을 텐데, 화장실 들어갈 때 마음과 나갈 때 마음이 다른 인간의 본성 때문인지 지척의 편의점에서 2+1으로 파는 탄산음료를 산다. 아, 그래도 어쩔 수 없는 것 아니던가. 인간은 이렇게나 간사한 동물인 것을. 어차피 2+1은 하나 말고는 제대로 마시지도 못하는데 굳이 왜 이런 바보 같은 선택을 하는 건지.

알면서도 늘 당한다. 마음의 문을 밀치고 들어오는 합법적 사기꾼을 이겨내지 못하는 나 스스로를 탓할 뿐이다.

갑자기 체격이 우락부락한 분들이 터지기 일보 직전의 민소매 티셔츠를 노골적으로 드러내며 편의점 안으로 성큼성큼 들어온다. 그리 크지 않은 편의점인지라 두 사람이 지나가기에도 빠듯하다 못해 불가능할 듯싶었다. 그냥 피해드려야 했다.

우락부락이들은 무엇을 사러온 것일까. 역시나 싶었다. 샐러드, 삶은 계란, 그리고 프로틴바. 교과서를 들여다보고 있는 심정이었다. 어차피 다 아는 것이긴 하지만 볼 때마다 새롭다. 몸매는 운동도 중요하지만 식단이 더욱 중요하다는 사실을. 숱하게 운동책을 들여다보고, 유튜브를 시청하고, 헬스클럽 코치들에게 물어봤으면서도 참 굳어지지 않는 습관 중 하나라는 생각이 들었다.

그러고 보니 요즘에는 바쁘다는 핑계로 평일 운동을 거르고 있었다. 헬스클럽도 자주 이용하지 못해 요가매트도 사고, 푸시업바도 사고 하면서 나름 홈트레이닝을 해보겠다고 스스로에게 부던히 깐족거렸다. 유튜브 보고, 책 보고, 〈맨즈헬스〉 같은 잡지 보고 그러면 돈도 아끼고 시간도 아끼고 그럴 수 있겠네. 물론 시중에는 홈트레이닝을 위한 책들이 수두룩했다. 건강 코너에는 홈트레이닝 운동을 위한 다양한 방법의 책들이 우락부락한 몸매 못지않은 자태로 일

렬종대로 서 있었다. 아니다, 일렬횡대였나. 여하튼 그렇게
서 있었다.

## 나는 운동을 좋아하지만 미쳐 있지는 않나봅니다

오늘도 일이 꽤 있었다. 작가라고 해서, 뮤지션이라고
해서 대낮에는 놀고 밤에만 글을 쓰거나 곡을 연습하는 것은
아니다. 개인적으로 저녁형 인간이거나 심야형 인간이 되지
못하는 데는 다 이유가 있다. 꽤나 오랫동안 직장인으로 살
지 않았던가. 그러다 보니 그러한 방식이 몸에 습관처럼 배
어버린 것이다. 그리고 그 방식이 편했다. 하루키처럼 나도
정시에 러닝을 하고, 밥을 먹고, 책상 앞에 앉는 것처럼 규
칙적인 사람이 되고 싶었다.

역시나 저녁에는 더없이 피곤하다. 신체 시간도 즉각 눈
치를 챈다. '낮에 일을 많이 하셨으니 저녁에는 충분한 휴식
이 필요합니다.' 비가 오기 하루 전부터 관절염이 도진다는
인간 기상관측소인 할머니, 할아버지들 못지않은 정확성을
자랑한다. 수백억 기상 관측 슈퍼컴퓨터 갖다버리고 전국에
할머니, 할아버지들 100명만 모시면 날씨 웬만큼은 파악할
수 있다고 외치는 그러한 정확성 말이다.

그러니 나 스스로에게 면죄부를 준다. '오늘 고생했으니 내일부터 홈트 해도 상관없어. 충분히 열심히 하루를 보냈잖아.' 눈앞에 요가매트도 보이고 푸시업바도 보이는데 그렇게 스스로에게 변명의 기회를 제공한다. 그리고 땀을 흘리면 피곤한 몸을 이끌고 또 샤워를 해야 하는 것도 스트레스다. 내가 샤워하는 기계도 아니고 몇 번이나 샤워하면 너무 피곤해. 정말 피곤해. 매우 피곤해.

오늘의 홈트도 결국 물 건너가는 것일까. 편의점 우락부락이들을 보고서 마음 다잡고 스스로에게 파이팅을 100번은 외쳤을 듯한데 왜 나는 이렇게 다시금 지극히 현실적인 보통 인간으로 변해버린 것일까. 사실 나는 변한 것이 아니라 그냥 보통 인간이다. 하기 싫은 것은 정말 하고 싶지 않은 그런 보통이다. 뭘 굳이 다른 변명을 하겠는가.

그러면서 스스로를 다시금 달래본다. '살 좀 찌면 어때. 회사 부장들처럼 올챙이배는 아직 아니니까 괜찮아.' 와우. 스스로에게 이렇게나 커다란 위로의 선물을 건넨다. 천국에 계신 신께서도 이처럼 너그럽게 나를 이해해주시진 못하실 것이다. 두 번째로 다시금 나를 다독여본다. '내일부터 하지 뭐. 오늘은 피곤하니까 쉬고, 내일은 집에 일찍 올 테니 그때 시작하지.' 과연 될까? 저녁 먹고 나서 노곤해지면 유튜브를 보다가 책을 읽다가 고양이 세수 찔끔하다가 샤워는 하는 둥 마는 둥 하는 나를 발견하고서 다시금 이렇게 구시렁거릴지도 모른다. '괜히 홈트 한다고 다짐했나. 그냥 헬스클럽이나 다시 끊을 걸 말이다. 돈 아까워서라도 나갈 건데.' 이렇게 나를 합리화한다. 우와. 나는 정말 변명에 관해서는 최고의 현실 심리 전문가라 인정해줘도 문제없을 것이다. 학위만 없을 뿐 변명과 자기합리화가 거의 예술의 경지에 다다른다.

사실 한창 홈트 열풍일 때도 돈 아낄 겸 시간 절약할 겸 하는 일타쌍피, 일석이조, 까마귀 날자 배 떨어진다(이건 아닌가?) 뭐 그러한 생각으로 기본 장비들도 샀었다. 역시나 운동은 장비빨. 그런데 집에서 운동하는 것은 정말 쉽지 않았다. 옷은 파라다이스급으로 여유롭게 입고 있으니 천근만근 몸이 늘어지고 움직임 자체가 더없이 둔해졌다. 울랄라를 외치는 짱구마냥 다른 걸 하는 것이 더 재미있기도 했다. 운동은 웬 운동. 이 늦은 시각에.

결국 굿바이 홈트를 외칠 수밖에 없었다. 작심삼일이라고 할 것도 없다. 시작조차 하지 않았으니. 아, 나는 홈트와는 이루어질 수 없는 사이란 말인가. 정말로 잊고 싶은 마음이다. 그렇게 나의 홈트 결심은 해보지도 못한 채 언제나 다짐만 하다가 끝난다. 그런데 그러고 나서도 나를 지극히 합리화한다. '그래, 난 홈트랑은 거리가 멀어. 내일은 꼭 헬스클럽 가서 등록해야지. 1년 회원권이 싸니까 그걸로 끊어서 제대로 운동해야지.'

솔직히 고백하자면 1년 회원권, 전부 다 알차게 쓰지는 못했다. 기간이 많이 남아 있다 보니 역시나 나를 합리화하고, 나를 다시금 다독인다. 헬스클럽이라도 제대로 나가려면 그때 어쩌다 마주친 우락부락이들이라도 만나야겠다. 뭔가 화끈하게 나를 돌아서게 할 계기라도 찾아야 하지 않을까. 그렇게 그러다가 나는 헬스클럽 등록 데스크에 앉아 있고 서류를 작성했으며 카드값은 게 눈 감추듯 빛의 속도로 빠져나가버렸다.